KB127869

十萬對敵劍

Fantastic Oriental Heroes

십만대적검

오채지
新무협 판타지 소설

십만대적검 6

오채지 新무협 판타지

초판 1쇄 찍은 날 § 2013년 6월 26일
초판 1쇄 펴낸 날 § 2013년 7월 1일

지은이 § 오채지
펴낸이 § 서경석

편집부장 § 권태완
편집책임 § 어정원
디자인 § 신현아

펴낸곳 § 도서출판 청어람
등록번호 § 제1081-1-89호
등록일자 § 1999. 5. 31
어람번호 § 제2-2357호

주소 § 경기도 부천시 원미구 심곡2동 163-2 서경B/D 3F (우) 420-822
전화 § 032-656-4452 팩스 § 032-656-4453
http://www.chungeoram.com
E-mail § chungeorambook@daum.net

ISBN 978-89-251-3340-9 04810
ISBN 978-89-251-3196-2 (세트)

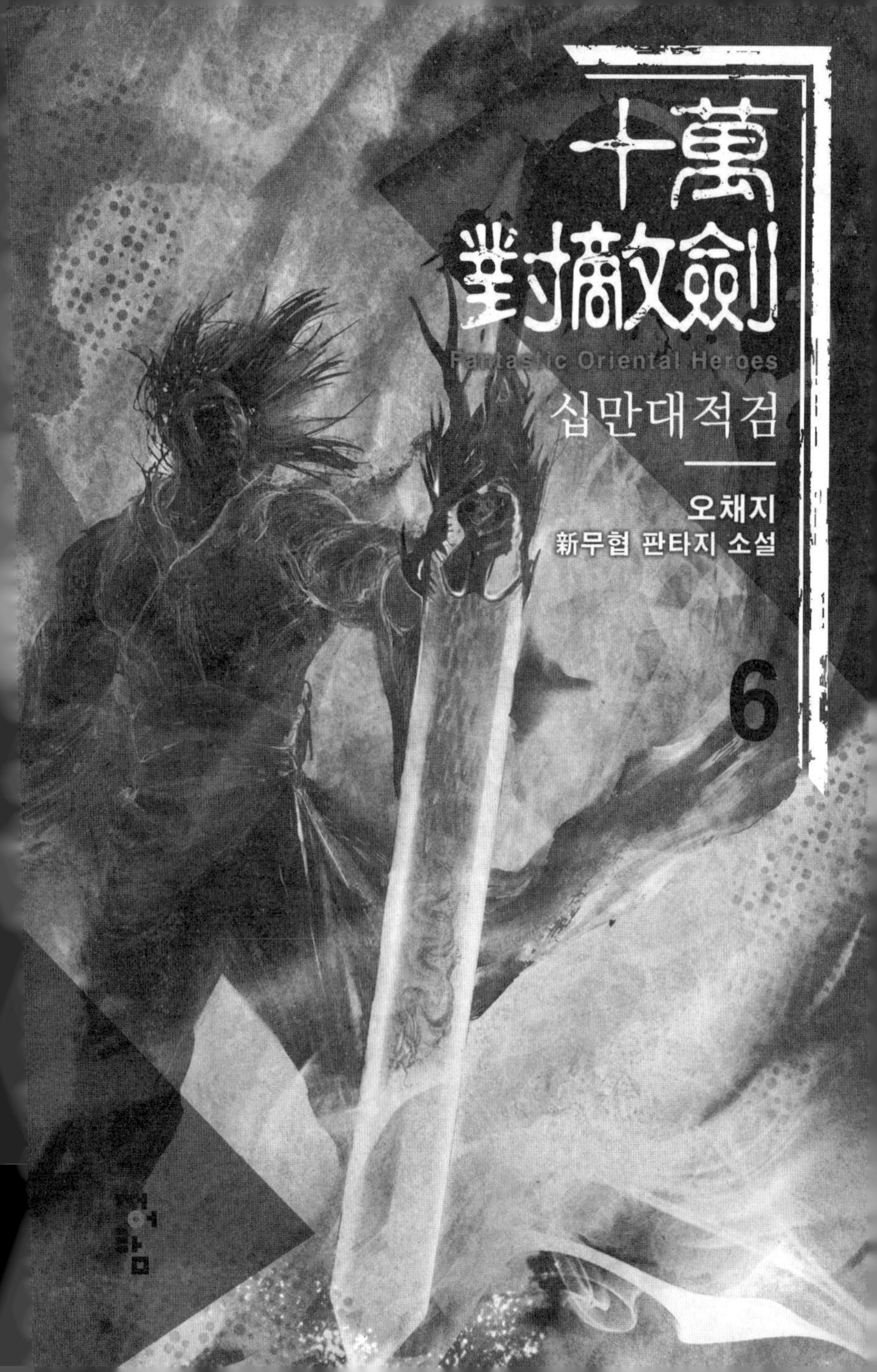
十萬對敵劍
Fantastic Oriental Heroes
십만대적검
오채지
新무협 판타지 소설
6

目次

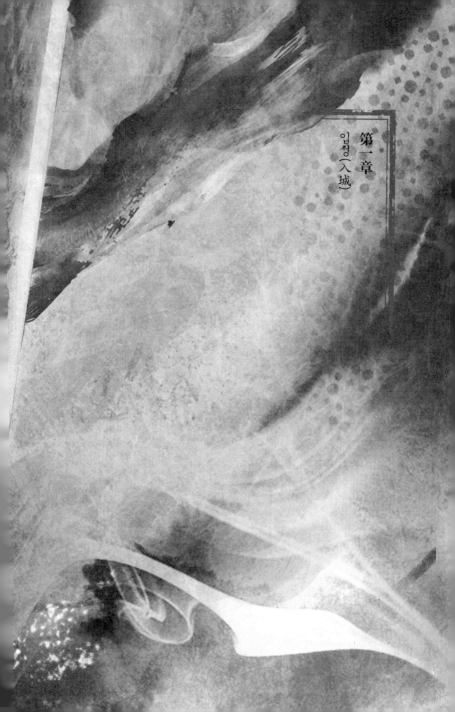

第一章

입성（入城）

창(槍)은 작고 가볍지만 울창한 숲을 뚫고 난다.

금화선부의 북쪽 개활지를 가로지르는 한 떼의 인마가 그
랬다. 대망혈제회의 공격으로부터 살아남은 사십여 명의 후
기지수는 저 멀리 보이는 창월루를 향해 전속력으로 질주했
다.

개활지 곳곳에 새까맣게 퍼져 있던 사마외도들이 앞다투
어 공격해 왔다. 어떤 자들은 일 장에 달하는 돌격창으로 찔
러댔고, 어떤 자들은 대범하게도 말 잔등에서 솟구쳐 질주하
는 후기지수들의 대열 속으로 뛰어들었다.

질서도 없고, 공격의 선후도 없었다.

마치 먹이를 발견한 이리 떼처럼 악착같이 달려들었다.

하지만 그뿐이었다.

사마외도들은 견고하게 맞물린 대열을 끊어놓지 못했고, 오히려 목숨을 건 후기지수들의 반격에 피를 뿌리며 쓰러졌다.

이 말도 안 되는 상황을 가능케 한 사람은 장개산이었다. 최선두에 선 그는 시종일관 무서운 속도로 질주하며 길을 열었다.

오 척에 달하는 참마검을 폭풍처럼 휘두르며 돌진하는 기세에 부나방처럼 달려들던 적들은 천참만륙(千斬万戮)으로 쓰러졌다. 그 모습이 흡사 오랜 잠에서 깨어난 고대 괴수의 질주를 연상케 했다.

괴수는 거침이 없었다.

마치 처음부터 살육을 위해 태어난 것처럼 앞을 막아서는 자들을 닥치는 대로 베어 넘겼다. 그럼에도 불구하고 적들은 끊임없이 몰려왔다.

장개산은 이해가 되질 않았다.

죽음의 공포 앞에서는 누구라도 한 번쯤은 몸을 사리는 법이다. 한데 놈들에겐 그런 주저함이 없었다.

마치 죽고 사는 문제 따위는 오래전에 초탈한 듯, 혹은 섬

서 무림의 후기지수들을 반드시 몰살해 버리겠다는 듯 질기
도 독했다.

"산개(散開)!"

어디선가 우렁찬 사자후가 들렸다.

낯익은 음성, 야신이었다.

장개산은 그가 외부에서 온 사마외도 일천을 이끄는 북천
대주라는 사실을 상기했다. 지금의 이 살벌한 작전도 그가 주
도하는 것이다.

명령이 떨어지기 무섭게 죽음도 불사하며 달려들던 적들
이 일제히 흩어지기 시작했다.

야신은 왜 갑자기 길을 열어주는 걸까?

이런 식의 다수가 격돌하는 집단전 경험이 전무한 장개산
으로서는 당황스러울 수밖에 없었다.

"가운데 몰아넣고 압사시킬 작정이야!"

달리는 중에 남궁휘가 말했다.

남궁휘의 말을 증명하기라도 하듯 전방에서 흩어진 자들
은 크게 원을 그리며 자연스럽게 날개의 형태를 취하고 있었
다. 반면 장개산이 이끄는 돌격대는 계속해서 질주했기 때문
에 어느새 적들을 좌우의 허리에 두게 되었다.

"속도를 더 내야 해!"

백건악이 따라붙으며 다급하게 말했다.

"더 이상은 무리야!"

남궁휘가 응수했다.

"대형을 이열로 바꾸면 가능해!"

"그럼 후미를 잃을 수도 있어!"

"처음부터 절반은 여기서 죽을 수밖에 없었어!"

현재 남궁휘가 짠 돌격대형은 사열십횡(四列十橫)으로 길쭉한 창의 형태를 취하고 있었다. 그 첨봉을 장개산과 흑풍조가 맡아 지금까지는 무리없이 뚫고 들어왔다.

하지만 그마저도 폭이 넓어 속도가 더디다는 게 백건악의 생각이었다. 사열을 이열로 바꾼다 함은 장개산과 흑풍조로 하여금 상대해야 할 적들의 수를 줄임으로써 돌파력을 최대한으로 높일 수 있다는 뜻이었다.

애초 남궁휘가 돌격대형을 이토록 두텁게 잡은 것은 부상자들을 대형의 가운데 포진시켜 그들을 엄호하기 위해서였다. 그 바람에 애초에 생각했던 것만큼 충분한 속도가 나지 않았던 건 사실이다.

야신은 그것을 귀신같이 알아차리고는 돌격대를 막아서는 대신 가운데 몰아넣고 몰살하는 것으로 작전을 바꿔 버린 것이다.

"장개산!"

백건악이 장개산의 이름을 힘차게 불렀다.

어서 결정을 하라는 뜻이다.

그렇게 말리는 데도 불구하고 이 무모한 작전을 감행한 장본인이 바로 장개산이다.

후미의 사람들을 살리고 죽이는 것 또한 그의 손으로 해야 한다. 한 무리를 이끄는 것은 이토록 무겁다.

"서두르지 않으면 나머지 절반을 살릴 기회조차 없을 거야!"

백건악이 다시 한 번 소리쳤다.

그때 장개산의 눈에 기괴한 물건 하나가 들어왔다. 오십여 장 바깥에 있는 그것은 십여 장 길이의 아름드리 교목을 뾰족하게 깎은 통나무였다.

통나무는 말 탄 이십여 명에 의해 밧줄이 묶인 채 땅으로부터 반 장쯤 떠오른 상태에서 돌격대를 향해 있었다.

순간, 장개산의 눈동자에 기광이 맺혔다.

"대형은 끝까지 유지한다!"

백건악이 두 눈을 휩떴다.

그는 장개산을 이해할 수 없었지만, 지금은 수장들의 내분이 더 큰 위험을 초래할 수 있다는 걸 알기에 입술을 깨물었다.

장개산은 계속해서 돌진했다.

머지않아 돌격대는 개활지의 중심에 들어섰다.

야신의 두 번째 명령이 떨어진 것도 동시였다.

"개전(開戰)!"

별다른 설명이 덧붙지 않은 짧은 명령이었음에도 불구하고 적들은 사방에서 동시다발적으로 공격을 해왔다.

이는 그들이 야신의 명령 속에 숨은 뜻을 이해했기 때문이 아니라 상황이 그렇게 흘러갈 수밖에 없었던 탓이다.

다시 말해 야신은 싸움의 흐름을 완벽하게 읽고 상황을 이용하고 있었다. 야신이 전장의 전투에 이리도 능숙했단 말인가.

남궁휘와 백건악의 경고는 한 치의 어긋남도 없었다. 적들은 전후좌우의 사방에서 돌격대를 포위한 채 장병을 앞세우고 돌진해 왔다. 훨씬 체계적이고 정교한 공격.

대열의 후방에 있는 사람들은 좌우는 물론이거니와 뒤쪽에서 공격해 오는 적들을 상대하면서 동시에 앞 사람과 떨어지지 않아야 하는 이중고를 겪어야 했다.

눈 깜짝할 사이에 사십의 후기지수는 새까맣게 몰려든 사마외도들에게 포위당해 버렸다.

여전히 질주를 하고는 있지만 속도는 현저히 느려졌고, 그 바람에 대열의 중간이 언제 끊어질지 모르는 위험천만한 상황에 처했다.

"장개산, 지금이라도!"

백건악이 또다시 말했다.

이미 내린 결정에 대해 또다시 번복을 요구하는 것은 그의 눈에 비친 지금의 상황이 그만큼 최악이기 때문이었다.

하지만 장개산은 일말의 흔들림도 없었다.

여기서 이 열로 바꾼다면 대형이 두 배나 길어지면서 후미 쪽 이십여 명은 볼 것도 없이 적진에 고립된다.

그 이십여 명 속에는 폭풍처럼 난입하는 적들로부터 목숨을 걸고 부상자들을 지키는 위지약과 조연려도 포함되어 있었다.

그렇다고 현재의 상황이 딱히 나은 것도 아니었다. 전투의 초반, 장개산이 견인차가 되어 폭풍처럼 질주하던 기세가 약해지자 적들은 이제야 말로 끝장을 보겠다는 듯 맹렬하게 공격해 왔다.

그건 차라리 광기에 가까웠다.

그럴 수밖에 없었다.

지금 개활지에 갇히다시피 한 사십여 명은 섬서와 강동 무림을 대표하는 명문정파의 후기지수들이었다.

그 옛날 자신들을 핍박하고 몰살하려 했던 백도 무림인들 중에서도 가장 앞장섰던 자들의 후예. 원수의 후예들이 눈앞에서 오도 가도 못하는 상황이 되었는데 어찌 동료들에게 양보를 하리오.

"으악!"

"아악!"

"크악!"

적들의 공세가 난폭해지면서 곳곳에서 부상자가 속출했다. 돌격대의 속도는 점점 느려졌고 급기야 한 걸음도 나아가지 못하는 상황이 되어 버렸다.

돌격대형은 순식간에 적들과 하나로 뒤섞여 버렸고, 그때부터는 오로지 일신의 무공에 의지해 자신을 지켜야 하는 백병전이 펼쳐졌다.

"빌어먹을!"

백건악이 말을 씹어뱉었다.

그는 장개산이 자신의 말을 듣지 않은 것에 대해 화를 내고 있었다. 스물을 잃지 않으려다 사십 명 모두가 몰살을 당하게 생겼지 않나. 무리의 우두머리란 모름지기 뜨거운 가슴보다는 얼음처럼 차가운 머리를 지녀야 하는 법이거늘!

한데 장개산은 더욱 심각한 악수를 두었다.

"남궁휘, 사람들을 한 곳으로 모아!"

남궁휘와 백건악은 자신들의 귀를 의심할 수밖에 없었다. 돌격진을 추슬러 돌파를 해도 부족할 판에 한 곳으로 모이라니. 설마, 이 자리에서 다 죽자는 걸까?

"어서!"

"원진(圓陣)!"

남궁휘의 명령에 따라 사람들이 재빠르게 모여들기 시작했다. 그 와중에도 빙소소와 위지약은 부상자들을 가운데 밀어 넣었다. 잠시 후, 사람들은 장개산과 흑풍조를 중심으로 둥근 원진을 형성한 채 폭풍처럼 난입하는 적들을 막아냈다.

돌격대형이 오직 수비만을 목적으로 한 원진으로 바뀌면서 후기지수들은 보다 완벽하게 적진에 갇혀 버렸다. 이제 개활지를 가로질러 창월루로 들어가는 건 불가능해 보였다.

사람들은 절망했다.

생존한 사부들과 합류하기 위해 목숨을 걸고 달려왔건만, 개활지를 가득 메운 적 병력 앞에서는 한낱 몸부림에 지나지 않았다. 장개산의 무시무시한 돌파력도, 흑풍조의 사나운 반격도 야신의 놀라운 용병술 앞에서는 무용지물이었던 것이다.

그때였다.

"파진(破陣)!"

야신 우렁찬 사자후와 함께 전방에서 맹폭을 하고 있던 적들이 양 갈래로 갈라졌다. 갈라지는 적들 사이로 거대한 무언가가 나타났다.

그것은 아름드리 통나무를 깎아 만든 공성용 충목(衝木)이었다.

필시 성문을 부수기 위해 개활지의 가장자리에서 자라는 교목을 잘라다 만든 모양, 지금은 이십여 명의 말 탄 괴인이 양쪽에서 밧줄에 나눠 묶은 채 돌격대를 향해 전속력으로 질주해 오고 있었다.

놈들은 저 우람한 충목으로 돌격대의 원진을 통째로 부숴 버릴 작정이었다. 충목이 돌진하면 원진은 풍비박산 날 수밖에 없었다.

가까스로 유지하고 있던 원진마저 깨지면 놈들의 본격적인 사냥이 시작될 것이다. 경황 중에 뿔뿔이 흩어진 사람들은 어디서 날아 왔는지도 모를 칼에 맞아 쓰러지고, 돌격대는 여름날의 물웅덩이처럼 흔적도 없이 사라지리라.

용기와 공포는 본래 둘이 아니다.

공포라는 감정이 바탕에 있지 않다면 용기라는 말도 애초에 존재하지 않는 법. 절망의 순간에 찾아온 더 큰 절망에 사람들은 그야말로 공황상태가 되어 버렸다.

두두두두.

충목의 무게 때문일까?

적들의 말발굽 소리에 지축이 흔들릴 지경이었다. 그들의 뒤쪽으로 병장기를 뽑아 든 흑의인 수백 명이 따랐다.

충목의 충격으로 원진이 깨지면 일시에 난입해 흩어지는 백도무림의 생존자들을 쓸어버리기 위해서다.

그에 반응하듯 돌격대는 본능적으로 동료들에게 등을 내맡긴 채 서로 간의 거리를 좁혔다. 원진은 눈 깜짝할 사이에 한 줌도 안 되는 덩어리로 변해 버렸다. 그들은 너무나 작아 보였다.

"갈!"

선두에 선 자의 일갈과 함께 천 근은 족히 나갈 법한 거대한 충목이 돌격대가 만든 원진을 뚫고 들어왔다.

순간, 장개산이 벼락처럼 튀어나가더니 돌진해 오는 충목의 머리에 주먹을 힘껏 내려쳤다.

콰앙!

귀청을 찢는 굉음과 함께 충목의 앞부분이 아래로 곤두박질쳤다. 동시에 바닥을 한 자나 파고드는가 싶더니 갑작스러운 힘의 여파로 인해 이번엔 뒷부분이 허공으로 치솟았다.

거대한 충목은 좁은 원진을 이루고 있던 돌격대의 머리 위 허공에서 질풍처럼 한 바퀴를 돈 후 대여섯 장 밖에서 굉음을 내며 떨어졌다.

쿵! 콰아앙!

충목의 좌우에서 밧줄을 연결해 단단히 움켜쥐고 있던 마상의 흑의인 이십여 명은 난데없는 충목의 회전과 밧줄의 꼬임으로 말미암아 죄다 말에서 떨어져 굴렀다.

어떤 자들은 말에 짓밟혔고, 어떤 자들은 목에 밧줄이 감긴 채 질질 끌려갔다. 이리저리 뒤엉켜 울부짖는 말도 대여섯 필이나 되었다.

주변은 삽시간에 아수라장으로 변해 버렸다.

원진은 당연하게도 깨어지지 않았다.

단 일 수에 저 거대한 충목을 땅바닥에 처박아 버린 장개산의 괴력에 사람들은 적아를 막론하고 입이 쩍 벌어졌다. 한데 진짜 기절초풍할 일은 그때부터 시작되었다.

장개산은 양손을 크게 놀려 어지럽게 뒤엉킨 밧줄을 추려 잡고는 전방의 허공을 향해 힘껏 당겼다. 그러자 바닥에 쓰러져 있던 거대한 충목이 또다시 허공을 날아 전방에서 달려들던 흑의인들을 쓸기 시작했다.

퍽! 퍽! 퍽!

"으악!"

"아악!"

격타음과 비명이 하나로 뒤섞여 울리길 한참, 맹렬한 기세로 달려오던 선두의 흑의인 십수 명이 말과 함께 압사당해 죽어 버렸다.

장개산은 이 정도로는 성에 차지 않는다는 듯 밧줄을 잡고 도리깨질을 하듯 이리저리 후려쳤다.

거대한 충목이 땅을 때릴 때마다 지축이 흔들리고 흑의인들이 죽어 나갔다.

흑의인들은 혼비백산했고, 눈 깜짝할 사이에 개활지를 아수라장으로 돌변해 버렸다.

　"남궁휘!"

　장개산이 고개를 꺾어 남궁휘의 이름을 크게 불렀다. 그러곤 곧장 충목을 휘두르며 창월루를 향해 달렸다. 남궁휘를 필두로 넋 나간 것처럼 서 있던 사람들이 번쩍 정신을 차렸다.

　"돌격대형을 다시 유지한다! 전속력으로 돌격!"

　"와아아!"

　한 줌도 안 되는 돌격대의 함성이 천지를 진동시켰다. 사람들은 충목을 팔방풍우로 휘두르며 전진하는 장개산의 뒤를 따라 전속력으로 돌진하기 시작했다. 돌격대의 돌진에 맞춰 창월루의 성문이 천천히 열릴 기미를 보이고 있었다.

　"무시무시한 힘이군요."

　은빛 투명한 잠사로 몸을 휘감은 여인이 말했다.

　매끄러운 피부와 탄력있는 육체를 보면 중년의 여인 같았지만, 얼굴에서는 어딘지 모를 연륜이 느껴졌다.

　"대체 무슨 괴공을 익힌 거지?"

　소맷자락 속에 양손을 푹 찔러 넣은 땅딸보 노인이 말했다. 얼핏 보기에도 팔순은 족히 넘긴 것 같은 그는 작은 키에다 얼굴까지 추해 어디 하나 봐줄 만한 곳이 없었다.

"살려두면 크게 방해가 될 놈이로고."

키다리 노인이 말했다.

땅딸보 노인의 두 배나 될 것 같은 큰 키에 삐쩍 마르기까지해서 마치 허수아비가 검을 차고 서 있는 것 같았다.

"이미 방해가 되었소."

적안(赤眼)의 노인이 말했다.

강인한 턱에 눈썹은 양쪽 관자놀이를 향해 사납게 치솟은데다 눈까지 대추처럼 붉은 빛을 띠어 어딘지 모르게 섬뜩한 인상을 주는 노인이었다.

"무슨 뜻이오?"

땅딸보 노인이 물었다.

"모르셨소? 저놈이 바로 폭룡채를 몰살한 놈이오."

"십만대적검……?"

중년 여인, 땅딸보 노인, 키다리 노인은 놀란 표정을 감추지 못했다. 하지만 그것도 잠시, 십만대적검의 등장에 회가 동한 적안의 노인이 마상의 벽사룡을 돌아보며 물었다.

"허락하신다면 노신이 놈의 목을 잘라다 바칠까 합니다만."

중년 여인과 땅딸보 노인은 안타깝게도 한발 늦었다는 듯 입맛을 다셨다.

하지만 벽사룡은 어쩐 일인지 아무런 대답도 하지 않은 채 사람들을 폭풍처럼 뚫으며 창월루를 향해 나아가는 장개산을 지켜만 보았다. 여기서 더 지체하면 놈은 결국 창월루로 사라지로 말리라.

곁에는 그들 외에도 두 명의 노인이 더 있었다.

한 사람은 백의장삼을 입고 청건을 썼는데 앞선 네 사람이 어딘지 모르게 사이한 느낌을 주는 반면, 그는 깨끗한 옷에 안광까지 맑아 허리에 찬 장검만 아니라면 한직에서 물러난 노학사라고 해도 믿을 것 같았다.

마지막 한 명은 여섯 명의 노인 중 가장 작은 체구에 허리까지 구부정한 노인이었다. 하지만 가슴까지 내려오는 은발의 수염이 흡사 청수한 노도사를 연상케 했다. 그가 다시 한 번 벽사룡을 돌아보며 물었다.

"어찌할까요?"

"일사(一師)께서는 어떻게 했으면 좋겠습니까?"

"놈의 활약이 지나칩니다. 창월루로 들어가게 되면 사람들이 놈을 중심으로 뭉쳐 시간을 끌 공산이 큽니다. 화근을 남기지 않기 위해서라도 지금 숨통을 끊어 놓는 게 좋을 것 같습니다만."

"내 생각은 다릅니다. 희망을 주었다가 빼앗으면 상실감이 더 큰 법이지요. 어차피 독 안에 든 쥐가 아닙니까? 모두 보내 주십시오."

"천주께서 그러시다면."

은발의 노인이 적안의 노인을 돌아보며 고개를 가로저었다. 적안의 노인은 애석한 표정으로 조용히 물러났다.

*　　　*　　　*

쾅!

돌격대가 창월루로 들어서는 순간 성문이 굉음을 내며 떨어졌다. 먼저 창월루에 들어와 있던 이십여 명의 생존자가 다급하게 돌격대를 맞았다.

"다들 부상자들부터 살펴주십시오!"

백건악이 외치며 말에서 훌쩍 뛰어 내렸다. 그러곤 곧장 남궁휘가 탄 말로 달려가 고삐를 잡았다.

남궁휘의 상태가 이상했다.

안색은 파리하다 못해 핏기란 핏기는 죄다 빠져나간 것 같고, 몸은 오한이라도 드는지 달달 떨고 있었다. 벽사룡으로부터 정체불명의 빙장(氷掌)을 맞은 상태에서 무리하게 공력을 운용하는 바람에 탈이 난 것이다.

장개산은 몰랐지만, 벽사룡이 남궁휘에게 펼친 빙장은 전날 백선검노에게 당한 이병학이 무려 삼 년 동안이나 뼛골에 스민 한기를 몰아내야 할 정도로 지독한 것이었다.

천하제일 검이라는 이병학도 그럴진대, 하물며 남궁휘는 오죽했겠는가.

그나마 지금까지 버텨준 것은 장개산에게 부담을 주지 않기 위해서였다.

백건악은 처음부터 이 모든 상황을 알고 있었고, 남궁휘의 상태를 계속 지켜보았다. 그가 장개산의 무리한 작전에 자꾸만 제동을 건 건 그런 이유도 있었다.

빙소소, 적인명, 구양소문이 서둘러 남궁휘에게로 달려갔다. 그들은 흑풍조라는 이름으로 하나였고, 조장의 상태가 심상치 않아 보이자 저도 모르게 달려간 것이다.

남궁휘는 끝까지 의연했다.

그는 자신이 걱정되어 달려온 사람들에게 한 손을 가로저어 안심시킨 후 장개산을 바라보았다.

흑풍조의 시선도 덩달아 장개산을 향했다.

부상의 정도는 남궁휘가 더 심했지만, 선두에서 가장 많은 적들을 상대하며 길을 연 장개산이야말로 누구보다 녹초가 되었을 것이다. 격전의 흔적을 말해주듯 그의 몸은 온통 피로 흥건했다. 그 모습이 흡사 피 웅덩이에서 건져낸 아수라 같았다.

"멋지게 해냈지?"

남궁휘가 말했다.

장개산은 묵묵히 고개를 끄덕여 주었다.

"나중에 보자고."

그 말을 끝으로 남궁휘는 의식을 잃었다.

"인명은 조용히 요상할 만한 곳을 찾아봐. 소문은 깨끗한 물을 구해오고, 소소는 불을 피우고 조양단(朝陽丹)을 녹일 준비를 해라!"

백건악의 다급한 명령이 이어졌다.

조양단은 북검맹 의각의 각주 도연묵이 심혈을 기울여 만든 내상약이었다. 제조법도 제조법이려니와 필요한 약재가 워낙 귀해 북검맹 내에서도 위험한 작전을 나가는 대(隊)에 하나씩만 지급이 되는 영약 중의 영약이었다.

바로 그 조양단을 녹여서 복용시켜야 할 만큼 남궁휘의 상태는 위중했다.

적인명, 구양소문, 빙소소 역시 한 군데씩 검상을 입은 상태였다. 하지만 그들은 소맷자락을 찢어 대충 묶고는 재빠르게 흩어졌다.

장개산은 천천히 주변을 둘러보았다.

성 안에 있던 사람들은 새로 들어온 마필에 우르르 달라붙어 부상자들을 부축해 끌어 내리는 중이었다.

팔이 잘려 나간 자, 옆구리에서 피를 콸콸 쏟아내는 자, 어디에서 흘렀는지도 모를 피로 온몸이 흠뻑 젖은 자, 살았는지 죽었는지 구분이 안 가는 자들까지. 성벽을 연한 창월루의 작은 공터는 아수라장이 따로 없었다.

아마도 저들 중 몇 명은 오늘을 넘기지 못하고 죽으리라.

그때 몇몇 낯익은 사람들이 보였다.

짧은 키에 뚱뚱한 노인은 섬서성 최강의 검사라 불리는 철산검문주 이정록이었다. 뾰족한 하관이 인상적인 노인은 청검문의 문주 사통후, 건장한 체격에 강인한 인상을 지닌 노인은 개산일문의 문주 위지룡이었다.

그들 외에도 장개산으로서는 알지 못하는, 하지만 전날 만찬회장에서 얼굴 정도는 익힌 노강호가 서너 명 정도 있었다.

그런가 하면 만찬회장에서조차 보지 못한 중장년의 무인들도 여럿 있었는데, 남녀를 막론하고 하나같이 부상을 입거나 몸이 피로 흠뻑 젖은 상태였다.

사부와 제자 혹은 사형제들 간의 해후로 말미암아 여기저기서 격정에 찬 음성이 흘러나왔다. 어떤 이들은 서로를 부둥켜안고 울었고, 어떤 이들은 제자와 사부의 비보에 오열을 쏟아냈다.

가장 안타까운 광경은 눈앞에서 제자들이 죽는 걸 지켜봐야 했던 사람들의 비통에 찬 표정이었다.

애초 사십여 명을 헤아렸던 돌격대는 창월루의 성문을 통과하는 순간 서른여 명으로 줄었다. 개활지를 지나오는 동안

십여 명이 목숨을 잃고 적진에 버려진 것이다.

제자들이, 혹은 사형제들이 개활지를 가로질러 오다 적들의 칼 아래 쓰러지는 모습을 고스란히 지켜봐야 했던 사람들은 지금쯤 가슴이 찢어지리라.

그들의 소리없는 분노가, 울부짖음이 들리는 듯했다.

장개산은 몸속 깊은 곳으로부터 무언가 알 수 없는 열기가 소용돌이치는 것을 느꼈다.

열기는 온몸의 혈도를 타고 올라오며 눈동자를 뜨겁게 달구었다. 한순간 눈앞이 흐려진다 싶더니 주변을 둘러싼 모든 소리가 의미를 알 수 없는 하나의 소리로 짓뭉개져 버렸다.

"개산!"

날카로운 고함 소리에 곁을 돌아보니 설강도가 서 있었다.

어깨와 팔목에 감은 광목이 홍건하게 젖은 채로.

그가 가까이 다가오더니 목소리를 쥐어짰다.

"정신 차려!"

"뭐?"

"너 방금 쓰러지려고 그랬어."

"내가?"

"혹시 내상을 입었어?"

"잠시 현기증이 난 것 같아."

"다른 건?"

"졸음이… 쏟아져. 견디기 힘들 만큼."

설강도는 아래를 내려다보았다.

밧줄을 움켜쥔 장개산의 손이 바르르 떨리고 있었다. 진즉에 충목이 떨어져 나간 밧줄을 아직까지 붙잡고 있을 정도로 싸움에 몰두했던 것이다. 사십여 명의 목숨이 그만큼 부담스러웠던 탓이리라.

설강도는 픽 하고 웃음을 터뜨렸다.

"왜 웃는 거지?"

"이제야 네가 사람으로 보여서. 너무 걱정 마. 순간적인 폭주로 말미암아 진기가 고갈된 거니까. 너도 지치긴 하는구나. 하긴 힘을 쓰고도 진기가 남아 있으면 사람이 아니지."

진기가 고갈되었다?

장개산은 천천히 고개를 떨구어 밧줄을 쥔 자신의 손을 보았다. 평생 진기가 고갈될 정도로 싸워본 적이 없었다. 그래서 지금의 몸 상태가 생경하고 어색했다.

진기가 고갈되면 이런 거구나. 자신도 한계가 있구나.

"지금쯤 온몸이 흐물흐물할 거야. 하지만 다른 사람은 몰라도 너는 여기서 쓰러지면 곤란해. 내 말 무슨 뜻인지 알지?"

설강도가 주변을 슬쩍 둘러보며 말했다.

사람들은 해후의 기쁨과 사문의 형제들을 잃은 슬픔이 교

차하는 와중에도 돌격대를 창월루까지 무사히 이끌고 온 장개산을 바라보느라 여념이 없었다. 그들의 시선에 담긴 것은 경외(敬畏)였다.

"이러고 있을 때가 아냐. 사람들을 모아 경계를 서야 해."

"내 말 공으로 들었어?"

장개산이 걸음을 옮기려 하자 설강도가 막아섰다.

"하지만 놈들이 언제 공격해 올지 몰라."

"내가 할게."

"너도 그리 좋아 보이진 않는걸."

"아직은 견딜 만해."

"남궁휘가 저 지경인데 네가 괜찮다고?"

"뭐야, 그 말은? 내가 남궁휘보다 못하다는 뜻이야?"

"정말 괜찮은 거냐?"

남궁휘가 빙장을 맞았다면 설강도는 빙검을 맞았다.

한기가 침투했다면 그 역시 지금쯤 핏줄이 얼어붙는 듯한 고통이 느껴지지 않겠는가. 한데 설강도는 생각보다 멀쩡했다.

"피를 흘려서 그런지 생각보다 괜찮아. 동상에 걸리면 죽은피를 뽑아내잖아. 아무래도 그런 이치이지 싶네. 그렇다고 아무렇지도 않다는 건 아니고."

일반적으로도 외상보다는 내상이 위험하다.

외상은 출혈을 멈추고 상처 부위를 봉합하면 되지만 내상은 오랜 시간 요상이 필요한 데다 치료의 기전(機轉)도 훨씬 복잡하기 때문이다.

자칫하면 목숨을 건진다고 해도 무공을 모두 잃는 수가 있다. 그런 면에서 설강도는 운이 좋았다.

그때 이화문의 제자 조연려가 다가왔다.

장개산의 상태를 들킬세라 설강도가 당황해 하는 사이 그녀가 물었다.

"제가 도울 일이 있을까요?"

"무슨……?"

"조금 전 장 대협께서 휘청거리시는 것 같았습니다만."

"……!"

"염려 마세요, 아무에게도 말하지 않았으니."

"기왕에 보셨다니 솔직히 말씀드리겠습니다. 아무래도 무리한 공력의 운용으로 진기가 고갈된 것 같습니다. 어디 조용한 곳으로 데려가 운공할 동안 호법을 서주시겠습니까?"

"그렇게 할게요."

장개산은 속으로는 사양하고 싶었지만, 사실 그럴 만한 상황이 아니었다. 애써 아무렇지 않은 척 서 있기는 했으나 지금도 계속해서 땅이 올라오고 벽이 빙글빙글 돌았다.

설강도가 다시 장개산을 돌아보며 말했다.

"너무 염려 말라고. 기억하는지 모르겠지만 마지막 순간 놈들이 갑자기 추격을 멈췄어. 무슨 꿍꿍인지 모르겠지만 당장 공격해 오진 않을 것 같아. 사실 놈들의 입장에선 우린 독 안에 든 쥐잖아. 서두를 이유가 하나도 없지."

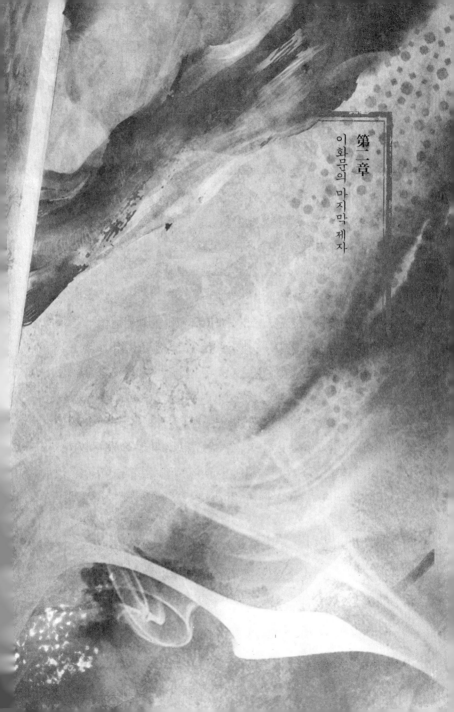

第二章

이화문의 마지막 제자

장개산은 조연려와 나란히 걸었다.

사람들이 웅성거리는 공터를 지나 석벽 사이의 복도로 들어서자 긴장이 풀리면서 다리가 휘청거렸다. 조연려가 황급히 옆구리를 파고들며 부축을 했다.

"손을 제 어깨 위로 올리셔요."

"괜찮소."

"이런 상황에서 남녀를 따질 건가요?"

"그럼, 잠깐만 신세를 지겠소."

"이런 걸 신세라시면 전 감당할 수가 없어요."

조연려가 장개산의 손을 잡아 자신의 어깨에 두르며 말했다. 장개산은 천천히 걸음을 옮기며 의아한 표정으로 그녀의 옆모습을 바라보았다. 무슨 말이냐는 뜻이었다.

"그때 세류정에서 제 목숨을 구해주셨잖아요."

흑풍조를 찾아 금화선부로 들어왔을 당시 놈들의 수중에 떨어져 곤란을 겪던 조연려를 장개산이 구해주었다. 그때는 전투가 들불처럼 번지던 때였고, 이후 워낙 많은 싸움이 치렀기에 장개산은 까맣게 잊고 있었다. 이제와 생각해 보니 그녀가 조연려였다.

"사부님은 만나셨소?"

장개산이 물었다.

그때 조연려는 청화부인의 주연에 초대받아 간 사부를 구하러 가겠다고 했었다. 하지만 정작 그녀를 다시 만난 건 운대산을 연한 금화선부의 북쪽 단장애(斷腸崖)에서였다.

조연려는 언니의 죽음에 대해 오열했었고, 이후 생존한 섬서 무림의 명숙들이 창월루에서 항전 중이라는 소식을 듣고 창월루로 진격할 것을 적극 주장했었다.

누구라도 그랬겠지만 사부와 사형제들이 살아 있을지 모른다는 희망 때문이었다.

창월루로 들어오는 데 성공했으니 이제라도 사부와 해후를 했냐고 물은 것인데, 조연려의 표정은 뜻밖에도 매우 심각했다.

그녀가 조용히 고개를 가로저었다.

"사형제들은……?"

다시 고개를 가로저었다.

"다른 곳에 고립되어 있을 수도…….".

"그럴 가능성은 없어요."

지금 바깥 개활지에 모인 대망혈제회 인물들 중 절반은 짧
게는 몇 년, 길게는 수십 년씩 금화선부에서 밥을 먹은 자들
이다.

금화선부가 제아무리 넓다고 하나 그들의 눈을 피해 살아
남기는 어려웠다. 다시 말해 이곳 창월루에 집결한 사람들이
사실상 마지막 생존자들인 셈이다.

언니에 이어 사부와 사형제들까지 잃었으니 그 슬픔이 얼
마나 클 것인가. 장개산은 생각없이 한 질문이 뜻밖에도 그녀
의 아픔을 건드린 것이 되자 난감하기 짝이 없었다.

"내가 괜한 말을 했소이다."

"이화문은 자장산(子長山) 골짜기에 있는 작은 문파예요.
이번 원행은 본래 사부님을 비롯해 일대제자들만 오기로 되
어 있었는데, 제가 고집을 피워 백여 명에 달하는 모든 제자
가 왔어요. 어제 아침까지만 해도 웅장한 금화선부를 구경하
며 담소를 나눴는데, 하룻밤 사이에 모두 죽고 저만 살아남았

다는 게 믿어지지 않아요."

눈물을 보이지 않으려는 듯 조연려가 고개를 돌렸다.

이화문에 대해서는 들은 바가 있었다.

함께 섬서 무림의 문파로 불리지만 이화문은 금화선부에 집결한 다른 문파들과 조금 달랐다.

우선 문파가 뿌리를 내린 땅이 너무나 험준했다.

자장산은 사철 황토와 모래바람이 끊이지 않는 악이다사고원(鄂爾多斯高原)에서 유일하게 푸른 땅이었다.

한마디로 육지 속에 고립된 섬이라고 할 수 있었는데, 여기에는 또 그만한 이유가 있었다. 이화문의 문도들은 한어를 쓸 뿐 사실은 고원을 떠돌던 기마민족의 후예였다.

이화문은 지리적 위치와 기마민족의 후예라는 정체성 때문에 외부와의 교류가 거의 없었고, 덕분에 일각에선 은둔의 문파로까지 불렸다. 동족의 후예만을 제자로 받아들이는 풍습 때문에 문도의 숫자도 언제나 일백을 넘기지 않았다.

그럼에도 불구하고 섬서 무림의 대표적인 문파를 논할 때면 언제나 빠지지 않는 이유는 이화문만의 독특한 궁술 때문이었다. 이화문의 문주 벽황사(劈黃砂) 서정평은 섬서성 최강의 궁사였다.

장개산은 속으로 크게 놀랐다.

사부와 사형제들을 만나지 못했다고 했을 때 문파에 적잖은 피해가 갔을 거라는 짐작은 했지만, 설마하니 백여 명이나 되는 제자들이 금화선부로 왔을 줄이야.

그들 모두가 죽었다면 금화선부의 제자들 모두가 죽었다는 말이 된다. 다시 말해 조연려가 이화문의 유일한 생존자가 되는 셈이다.

조연려의 나이 이제 겨우 열예닐곱, 여자라기보다는 소녀에 가까운 그녀가 홀로 문파를 일으켜 세우기란 쉽지 않을 것이다.

이렇게 되면 이화문은 사실상 멸문지화를 당한 것이나 다름없었다. 대망혈제회가 본색을 드러낸 이후 멸문지화를 당한 최초의 문파가 탄생한 것이다.

그사이 두 사람은 복잡한 복도의 구석에 붙은 좁은 방에 도착했다. 거미줄이 가득한 가운데 이런저런 집기들이 나뒹구는 걸 보니 창고로 쓰는 곳인 듯했다. 장개산이 적당한 곳에 자리를 잡고 앉자 조연려가 물었다.

"함께 있어도 될까요?"

운공을 하려면 온 정신을 집중해야 한다.

뿐만 아니라 운공을 하는 동안에는 어떤 무인이든 무방비 상태가 된다. 때문에 호법은 적의 위협이 상존하는 야외가 아니라면 내실 밖 문을 지키고 있는 게 예의다.

조연려가 그걸 모를 리 없었다. 그럼에도 불구하고 함께 있어도 되느냐고 묻는 것은 혼자 있고 싶지 않아서일 것이다. 지금 이 순간 가장 힘든 사람은 장개산이 아니라 조연려였다.

"부탁하오."

*　　　*　　　*

정신을 차리고 보니 촛불 하나가 일렁이고 있었다.

운공을 끝내고 잠깐 잠이 든 듯한데 그새 조연려는 사라지고 없었다. 대신 고약한 냄새와 함께 익숙한 얼굴이 술 호리병을 홀짝이고 있었다.

홍쌍표였다.

그 역시 한바탕 격전을 치렀는지 몸 곳곳에 피가 튀어 있었다. 원래도 넝마 차림이었는데 거기다 피얼룩까지 홍건하자 상거지가 따로 없었다.

"깼나?"

"제가 얼마나 잔 겁니까?"

"곧 새벽이 올 것이네."

이곳에 들어와 운공을 시작할 때가 자정을 약간 넘길 무렵이었다. 곧 새벽이 온다 함은 최소 두 시진은 잤다는 얘기다. 장개산은 놀란 얼굴로 벌떡 일어났다.

"서두를 것 없네. 다들 아무 일 없으니까."

"조연려는……?"

"조연려? 아, 여기 있던 이화문의 제자 말이군. 눈이 벌게 져서는 혼자 훌쩍이고 있길래 그럴 시간 있으면 화살에 독이라도 묻혀 놓으라고 쫓아 보냈지."

"독? 이화문이 독화살을 사용합니까?"

"생존자들이 사십여 명 정도 되니 한 명쯤 가지고 있을지도 모르지. 평소라면 화살에 독을 바르는 걸 떳떳치 못하게 생각하겠지만 지금은 수단과 방법을 가리지 말고 살상력을 높여야 해. 암, 그렇고말고."

백번 옳은 말이다.

명예를 건 무인간의 생사결이라면 모를까, 인간의 존엄성이 철저히 짓밟히는 전장에선 살아남는 것만이 최고의 목표여야 한다. 거기에 명분과 도의를 따지는 건 어리석기 짝이 없는 짓이다.

"한잔하겠나?"

홍쌍표가 호리병을 내밀었다.

더러운 입을 대고 먹은 호리병이 깨끗할 리가 없었다. 하지만 지금은 사양을 할 상황이 아니었다.

잠깐 자고 일어났더니 목이 타들어갈 정도로 갈증이 일었다. 비록 술이었지만 호리병을 꺾고 목구멍으로 흘려보내니 그나마 좀 나았다.

"다 마셔도 되네."

홍쌍표는 얼마 남지도 않은 술을 가지고 생색을 냈다. 상황이 상황이니만큼 귀하기도 할 것이다. 한데 그가 이렇게 생색을 내는 진짜 이유는 따로 있었다.

"면목이 없군."

"뭐가 말입니까?"

"내가 조금만 빨랐더라도 이렇게까지는 되지 않았을 것을."

애초 홍쌍표는 적들보다 한발 앞서 섬서 무림의 명숙들에게 달려가 함정에 빠졌음을 알려주고 대책을 마련키로 했다. 한발 앞서 소식을 전하기는 했지만 대책을 마련할 틈은 없었나 보다.

"그나마 방주님께서 미리 경고를 전하지 않았더라면 몰살을 면치 못했을 겁니다. 천여 명이 목숨을 잃은 상태에서 이런 말이 잔인할지 모르지만 남은 사람들이나 살린 것도 다행입니다."

"그마저도 내 덕분이 아닐세."

"……?"

"내가 도착했을 때는 다들 검고 사이한 운무(雲霧)에 갇혀 있었네. 도저히 파고들 틈이 없었지."

"그게 무슨……?"

"기문진(奇門陣)일세. 놈들이 주연을 핑계 삼아 섬서 무림의 명숙들을 한자리에 불러 모은 다음 정체를 알 수 없는 기문진을 발동시켰네. 난 진 바깥에서 있어 내부의 사정을 정확히 알 수는 없지만 사람들의 행동으로 미루어 환상과 현실이 뒤섞여 빠져나갈 틈을 찾지 못하고 있는 것 같았네. 그 속에서 섬서 무림의 명숙들은 미지의 인물들을 상대로 맹렬한 사투를 벌이고 있었지. 단 여섯 명밖에 되질 않았음에도 불구하고 수십 명이나 되는 섬서 무림의 명숙들이 추풍낙엽처럼 쓰러져 갔네. 내 평생 그토록 처절한 싸움은 본 적이 없네."

"여섯 명의 인물이 누구입니까? 제아무리 기문진에 갇혔다고 해도 섬서 무림의 명숙들을 상대할 수 있는 고수가 그리 많지는 않을 텐데, 겨우 여섯 명밖에 되지 않는 자들이 어찌하여 몇 배나 많은 사람들을 압도할 수 있었던 겁니까?"

홍쌍표는 목이 타는지 갑자기 장개산의 손에 들린 호리병을 낚아챘다. 하지만 호리병의 술은 장개산이 이미 죄다 마신 상태였다.

전낭을 가볍게 들어보는 것만으로 안에 얼마가 들었는지 귀신같이 알아맞히는 홍쌍표가 빈 술병임을 모를 리 없었다. 그럼에도 불구하고 그는 탈탈 털어 마지막 한 방울까지 혀로 핥고서야 겨우 입을 열었다.

"그들은 육사부(六師父)였네."

"육사부가 누구입니까?"

"오래전 청화부인은 중원무림엔 이름이 알려지지 않은 새외의 고수 여섯을 초빙해 벽사룡에게 무예를 가르치게 했네. 금화선부에서는 그들을 육사부(六師父)라 불렀지. 개방은 무림에 새로운 고수가 등장하면 반드시 뒤를 캐고 보는 습성이 있네. 그게 우리의 밑천이거든."

"그래서요."

행여나 옆으로 샐세라 장개산이 재촉했다.

"하나같이 분명하고도 확실한 내력이 있었네. 대막육광(大漠六狂)이라고 세상과의 교류를 모두 단절한 채 사막에서 무공만 수련한다는 미치광이 늙은이들이었지. 풍문에 따르면 각자의 절기에 관한한 나름대로 일맥을 이루었다고 자부하는 절정고수들이라더군."

장개산은 어쩐지 저게 전부가 아닐 거라는 생각이 들었다. 그런 거였다면 홍쌍표가 그들에 대해 이야기하는 것만으로도 갈증을 느껴 술 호리병을 빼앗지는 않았을 테니까.

예상은 적중했다.

"한데 몇 년 전, 대막(大漠)을 지나가던 상인들이 바싹 마른 목내이(木乃伊) 여섯 구를 발견했네. 오랫동안 땅 속에 묻혀 있다가 모래 폭풍이 쓸고 가는 바람에 모습을 드러낸 터였지. 그땐 그냥 귓등으로 흘렸는데 이제와 생각해 보면 이상한 게 한두 가지가 아니었네. 처참하게 죽은 모습이 그렇고, 여섯 명이나 되는 사람들이 포개져 있었던 것이 그랬지. 그건 분명한 살인의 흔적이거든. 내 짐작이 틀리지 않다면 그들이 진짜 대막육광이었던 것 같네."

"육사부가 그들을 죽이고 대막육광 행세를 한 것이군요. 누군가 자신들의 내력을 캘 것에 대비해."

"그렇지."

"대체 육사부라는 자들의 진짜 내력이 무엇이기에 그토록 강하다는 대막육광을 한자리에서 처치할 수 있었을 까요?"

"그들을 보았나?"

"아직 못 봤습니다."

"나는 보았네. 한데 예전에 보았던 용모가 아니더군. 오랜 세월 역용을 하고 지내다가 오늘에 이르러서야 비로소 본색을 드러낸 게지. 그리고 그들은 하나같이 내가 알거나 한 번쯤 들어본 적 있는 용모였네."

"설산옥녀(雪山玉女) 요교랑, 적안살성(赤眼殺星) 후동관, 일지혼마(一指滲魔) 화녹천, 신검차랑(神劍叉螂) 육심문, 은하검객(銀河劍客) 마중영, 천화성군(天火星君) 혁련월……. 맞습니까?"

"자네가 그걸 어떻게……?"

"망구객점의 하 노인에게 들었습니다."

"항주에 있다는 그 재미난 늙은이 말인가?"

"그렇습니다."

"음, 거기서는 본 모습을 드러낸 모양이군. 그들은 한때 이름만 들어도 산천초목이 벌벌 떨던 사도의 전설적 고수들일세. 따르던 무리가 적지 않았는데, 그들을 하나로만 모아도 능히 일세를 일으킬 거라는 자들이었지. 오죽하면 그들이 개입했다면 삼십 년 전 혈사의 승패가 달라졌을 거라는 말이 있을까."

"그들은 혈사에 개입하지 않았다는 말씀입니까?"

"개입하지 않았을 뿐만 아니라 백도무림인들이 대동단결해 대륙을 이 잡듯이 뒤지는 와중에도 흔적조차 보이질 않았네. 풍문에는 사공을 극성으로 익힌 자들이 으레 그렇듯 넘쳐나는 사기(邪氣)를 통제하지 못해 주화입마에 빠졌고, 하나둘씩 이름 모를 심산 어느 골짜기에서 쓸쓸하게 죽어갔을 거라고 하더군. 한데 그 괴물들이 대망혈제회의 이름으로 다시 나타날 줄이야."

하 노인도 이렇게까지 자세하게 얘기해 주진 않았다.

아마도 장개산의 단호한 표정에서 어떤 말로도 그를 설득하거나 만류할 수 없다는 걸 읽었기 때문일 것이다. 한데 더욱 놀랄 말이 홍쌍표의 입에서 흘러나왔다.

"밤하늘에 밝게 빛나는 별들 중에도 더 밝은 별이 있듯이 그들 사이에도 진짜 옥이 따로 있다네. 천화성군 혁련월. 그는 무림비강록 서열 십삼 위일세."

무림비강록은 개방에서 천하무림인들의 무공서열을 정리해 놓은 비서다. 일전에 홍쌍표가 언급하기로 천하제일검인 유성검 이병학이 겨우 십일 위라고 했다.

선두의 열 자리는 세상에 한 번도 모습을 드러낸 적 없는 심산의 고수들과 오래전 속세와 연을 끊은 구대문파의 전대 고수들을 위한 자리라며.

한데 천화성군 혁련월이 십삼 위라면 어떻게 된 영문인 걸까?

"그가 그렇게 강합니까?"

"놀라지 마시게. 그는 유성검 이병학, 백선검노와 더불어 천하삼검으로 거론되는 인물일세. 벽사룡은 하늘 아래 가장 강한 검사 중 한 명을 사부로 모신 것이지."

놀라지 않을 수가 없었다.

하늘 아래 가장 강한 세 명의 검사 중 한 명이 지금 저 바깥 개활지에서 자신들을 죽이려 기다리고 있다는데 어찌 놀라지 않을 수 있겠는가.

"백선검노는 무림비강록 서열 몇 위입니까?"

"그가 십일 위일세. 존재할 거라고 막연히 짐작만 하는 앞자리의 열 사람을 제외하면 세 명의 검사가 사실상 천하제일의 세 자리 모두를 차지하고 있는 셈이지. 그러나 일전에도 말했다시피 그들 세 명을 두고 서열을 논한다는 것은 의미가 없네. 게다가 그들이 마지막으로 손속을 나눈 지 삼십 년이 흘렀으니 지금은 어찌 되었는지 알 수가 없지. 한데 자네가 백선검노를 어찌 아는가?"

홍쌍표가 긴 설명 끝에 물었다.

"단장애에서 벽사룡이 백색의 광염이 휘몰아치는 한빙검(寒 氷劍)을 썼습니다. 남궁휘의 말이 백선검노라는 노인이 창안한 백선류라고 하더군요."

"……!"

홍쌍표는 정말 놀란 듯했다.

두 눈은 한없이 깊어졌고 표정은 얼음장처럼 차갑게 식었다. 그는 한참을 아무 말 없이 바라보다가 조용히 입을 열었다.

"틀림없는 사실인가?"

"남궁휘가 잘못 보지 않았다면 그렇겠지요."

"음……."

홍쌍표는 나직하게 신음했다.

이로써 벽사룡은 천화성군 혁련월에 이어 백선검노까지 사부로 모셨다. 하늘 아래 가장 강한 세 명의 검사 중 두 명에게서 무예를 전수받은 것이다.

장개산은 몰랐지만 무림사를 통틀어 최강 무인 두 명의 무예를 한 몸에 전수받은 사람은 없었다. 벽사룡은 언제 폭발할지 모르는 폭약과도 같았다. 그 폭약이 폭발하는 날 산천초목이 진동하리라.

"아무래도 무림비강록을 크게 수정해야 할 것 같군."

"섬서 무림의 명숙들이 그런 자들을 상대했군요."

천하삼검 중 일인이 포함된 여섯 명의 전설적 사파 고수들, 그들이 진(陣) 속에서 무예를 떨쳤다면 몇 배나 많은 섬서 무림의 명숙들이 그처럼 처절하게 죽어간 이유를 알 것 같았다.

"운이 없었던 게지."

"한데 어떻게 빠져나올 수 있었습니까?"

장개산이 대화를 다시 본론으로 돌려놓았다.

이제 홍쌍표가 '그마저도 내 덕분이 아닐세'라는 말에 답을 줄 차례였다.

"무월당에서 솟구친 화염 때문이었네. 굉음과 함께 화염이 솟구치자 그 폭압과 화기로 말미암아 진이 깨졌지. 그때 내가 뛰어들어 잠깐 시간을 버는 틈을 타 남은 사람들이 빠져나올 수 있었네. 전체 스물두 명 중 생존한 사람은 일곱 명밖에 되질 않았지. 그러고 나와 보니 사방에 적들이 가득한 가운데 처참한 광경이 펼쳐지고 있었지. 난 제자들이 기거하는 세류정으로 가겠다는 사람들을 만류해 이곳으로 이끌었네. 양각노호가 정 도망칠 곳이 없으면 창월루로 들어가라면서 가는 길을 일러주었었거든."

결국 화염이 백척간두에 놓인 섬서 무림 명숙들의 목숨을 구했다는 말이다. 홍쌍표가 말한 화염은 장개산도 보았다. 그 화염 덕분에 잠자던 금화선부도 깨어났다.

대체 누가 폭발을 일으킨 것일까?

"무월당의 주인은 누굽니까?"

"모르고 있었나 보군. 무월당은 상왕의 거처일세."

홍쌍표가 섬서 무림의 명숙들을 찾아 금화선부가 적의 수중에 떨어졌음을 알리기로 했다면, 양각노호는 상왕에게 상황을 알려 적에게 가담하지 않은 가병을 모을 수 있도록 했다.

한데 상왕의 거처에서 그토록 큰 폭발이 일어났다면 어떻게 보아야 하는 건가?

양각노호와 상왕은 어떻게 되었을까?

홍쌍표가 자리를 털고 일어나며 말했다.

"가세. 자네에게 보여줄 것이 있네."

*   *   *

홍쌍표를 따라간 곳은 어둡고 좁은 복도였다.

한참을 가다 보니 무슨 이유에선지 화중악이 구석진 곳에 쭈그리고 앉아 꾸벅꾸벅 졸고 있었다. 아무래도 저 상태로 꼬박 밤을 새운 모양이었다.

"배짱 한 번 좋구나. 적들이 새까맣게 에워싸고 있는데 잠을 자다니. 아예 움막을 짓고 눌러 살지 그러느냐."

홍쌍표의 호통에 화중악이 벌떡 일어났다.

그러곤 장개산을 발견하고 뜨겁게 미소를 지었다.

"다시 보는군요."

"분타주께서 세류정에 있던 후기지수들에게 창월루로 오라는 소식을 전하셨다는 얘길 들었습니다. 상황이 여의치 않았을 텐데 고생 많으셨습니다."

"무슨 그런 말씀을. 장 대협이야말로 정말 대단한 일을 해내셨습니다."

"사람들은?"

홍쌍표가 다시 화중악에게 물었다.

"아무도 접근하지 않았습니다."

"자빠져 자느라 보지 못한 게 아니고?"

"글쎄요."

진짜로 그랬느냐고 묻는 게 아니라 호통을 치는 것인데, 고지식한 화중악은 그것까지는 잘 모르겠다는 듯 뒤통수를 벅벅 긁었다.

"어이구, 속 터져."

홍쌍표는 한 손으로 가슴을 쾅쾅 때리면서 왼쪽 바닥에 있던 작은 벽돌을 발로 툭 건드렸다. 그러자 놀라운 일이 일어났다. 왼쪽은 분명 벽이었는데 갑자기 문이 나타난 것이다.

작은 규모의 기문진이다.

홍쌍표가 진을 만들었을 리는 없고, 아마도 양각노호의 솜씨인 것 같았다.

장개산은 홍쌍표와 함께 문을 열고 들어갔다.

어둡고 좁은 방이 있었다.

북쪽으로 난 작은 창문을 제외하면 이렇다 할 구조물이 없는, 당최 무슨 용도로 사용했는지 알 수가 없는 그곳에 한 사람은 앉고, 한 사람은 누워 있었다.

앉아 있는 사람은 양각노호였다.

무슨 일이 있었는지 머리카락은 죄다 그슬렸고, 옷자락은 여기저기 타다 만 자국이 가득했다. 곁에는 대황촉이 놓여 있었지만, 그는 어쩐 일인지 불도 밝히지 않은 채 어둠 속에서 호법을 서듯 앉아 있었다.

한데 누운 사람의 상태가 심각했다.

본시 황삼이었음이 분명한 옷자락은 살과 한데 엉겨 붙어 형체를 알아볼 수 없고, 얼굴은 털이란 털은 죄다 타버려 그저 동그랗기만 했다. 줄줄 흘러내리는 진물 사이로 겨우 이목

구비를 구별할 수 있을까?

장개산은 그가 상왕임을 직감했다.

중상을 입은 사람을 이런 창고 같은 곳에 데려다 놓은 것도, 대황촉을 켜지 않은 채 호법을 서는 것도, 홍쌍표가 사람들 몰래 자신을 데려온 것도 이곳에 상왕이 있다는 사실을 알리지 않기 위해서였다.

필시 무슨 곡절이 있으리라.

"상태가 어떻습니까?"

장개산이 양각노호에게 물었다.

"화상도 화상이지만, 항문으로 쏟아지는 사혈(死血)이 문제일세. 점성이 높고 악취가 나며 이물질이 섞여 있는 것으로 보아 내장이 녹아내리는 게 아닌가 싶군."

"화상으로 내장이 녹아내리기도 합니까?"

"그럴 리가. 내장이 익으면 익었지 녹아내리는 경우는 없네. 아무래도 몸속에 잠복하고 있던 독(毒)이 발작한 모양일세. 나로서는 한 번도 본 적 없는 괴독인지라 도무지 손을 쓸방도가 없어 이렇게 지켜만 보고 있는 것이라네."

"어떻게 된 겁니까?"

"냉심무정 이옥수라고, 건곤구조권(乾坤龜鳥圈)이라는 기병 두 자루를 귀신같이 쓰는 자가 있지. 석년에 청화부인이 천산에서 초빙해 온 고수인데 부주부를 호위하는 호법당의 부당주일세. 내가 도착했을 때는 놈이 호법당의 고수 일백을 이끌고 무월당을 에워싼 상태였네. 잠시 후, 상왕이 내실로 들어갔고, 이옥수가 평생을 상왕과 함께해 온 호법당주 녹야극을 베어 넘긴 후 내실로 쳐들어갔네. 나 역시 대들보로 숨어들어 가 틈을 엿보고 있었는데 갑자기 폭발이 일어났지. 무얼 어찌해 볼 틈도 없었네."

"안에서는 대체 무슨 일이 있었던 겁니까?"

"상왕이 스스로 무월당을 폭파시켰네. 엄청난 양의 폭약을 사전에 매설해 둔 모양이야."

"그가 왜……?"

"그 얘기를 듣자고 자네를 부른 걸세."

홍쌍표가 말했다.

그가 다시 말을 이었다.

"짐작 가는 바가 없는 것은 아니지만, 보다 확실하게 하려면 당사자의 입을 통해서 듣는 게 낫지 않겠나?"

말과 함께 홍쌍표가 양각노호에게 눈짓을 했다.

양각노호는 알았다는 듯 고개를 끄덕이더니 품속에서 작은 대통을 꺼냈고, 거기서 다시 한 뼘이 넘는 장침 하나를 뽑아 상왕의 인중에 꽂았다.

그러자 죽은 듯 미동도 않던 상왕이 잠시 꿈틀거리는가 싶더니 눈을 번쩍 떴다. 하지만 망막이 타버려 그는 더 이상 앞을 볼 수가 없는 상태였다.

불길이 치솟으면 사람은 본능적으로 눈을 감게 되어 있다. 한데도 망막이 타버렸다는 것은 화염이 닥쳐오는 순간에도 두 눈을 부릅뜨고 있었다는 말이 된다. 상왕이 그 고통을 견디면서까지 마지막에 보려 했던 것은 무엇이었을까?

"제 목소리 기억하시겠습니까?"

홍쌍표가 얼굴을 가까이 가져가며 물었다.

전날 상왕과 여러 차례 독대하며 술을 마신 적 있기에 정신이 말짱하다면 목소리를 기억할 것이라 생각한 것이다. 다 같이 늙어가는 처지라고는 하나 상왕은 그보다 스무 살이나 많았고, 덕분에 말투도 양각노호를 대할 때와는 달리 공손했다.

"목소리에 궁기가 가득한 걸 보니 천상 걸왕으로 살 사람이로고."

상왕이 달라붙은 입술을 가까스로 움직여 말했다.

비록 기어 들어가는 음성이었을망정 정확했다. 게다가 홍쌍표의 목소리까지 기억했다. 몸이 엉망진창으로 변했을지언정 정신만은 또렷하다는 증거였다.

"거지가 목소리에서 찰기가 느껴지면 쓰나요."

"여긴 어디외까?"

"창월루입니다."

"창월루라……. 싸움이 아직 끝나지 않은 모양이군."

"그렇습니다."

"창월루로 피신했다는 건 상황이 매우 좋지 않다는 뜻이겠지요?"

창월루에 있다는 한마디로 상왕은 돌아가는 상황을 단번에 파악했다. 이토록 총명한 사람이 어쩌다가 금화선부를 통째로 빼앗기게 되었을까?

"금화선부를 찾은 사람들 대부분이 죽고, 현재는 오십여 명 정도만이 살아서 창월루에 고립되었지요. 얼마나 버틸 수 있을지는 모르겠습니다."

"벽사룡과 청화는? 그들은 죽었소?"

홍쌍표는 잠시 대화를 멈추고 장개산과 양각노호를 돌아보았다. 무려 일천여 명이나 되는 사람들이 섬서 무림맹의 탄생을 보기 위해 섬금화선부를 찾았다가 몰살을 당했다. 그들은 누군가의 사부이고, 제자였으며, 또한 핏줄이었다.

응당 그들의 죽음에 대한 탄식과 명복이 먼저 있어야 하지 않는가. 한데도 상왕은 벽사룡과 청화부인의 안위에 관해서만 관심이 있었다. 그것도 살았느냐가 아니라 죽었느냐다. 마치 죽기를 바라는 듯.

"살아 있습니다."

홍쌍표가 말했다.

"부상은, 부상을 입히지도 못했소?"

홍쌍표는 치밀어 오르는 분노를 억지로 집어 삼키며 다시 말했다.

"청화부인은 구경도 못했고, 벽사룡은 죽마고우처럼 지내던 개산일문의 제자와 이화문의 제자를 단장애에서 차례로 베어 죽인 후 통운각의 무사들을 이끌고 세류정으로 진격, 그곳에서 잠자고 있던 섬서 무림의 제자들을 닥치는 대로 도륙했습니다. 그리고 지금은 바깥에서 육사부와 함께 사마외도들을 이끌고 창월루를 에워싸고 있지요. 이제 되었습니까?"

말미에 조롱하는 어조가 있었지만 상왕은 오직 벽사룡과 청화부인이 털끝 하나도 다치지 않았다는 것에 정신이 팔린 듯 눈까풀을 파르르 떨었다.

"일천… 무려 일천이나 왔는데도 어찌……."

"그게 무슨 뜻입니까?"

장개산이 불쑥 끼어들었다.

"누군가?"

상왕이 보이지도 않는 눈을 휘뜨며 물었다.

"이틀 전 만찬회장에서 한번 뵈었었지요."

"만찬회장… 그래, 자네로군. 섬서 무림의 명숙들이 모두 모인 자리에 대범하게도 불쑥 찾아와 대망혈제회가 금화선부를 노린다고 경고를 했던 천둥벌거숭이 청년. 이름이 장개산이라고 했던가?"

"그렇습니다."

"자네를 보고 당황하던 벽사룡과 청화의 표정이 지금도 눈에 선하군. 크크크."

"짐작하시겠지만 부주님의 상태가 그리 좋지 않습니다. 그전에 어떻게 된 영문인지 설명해 주셔야겠습니다. 먼저 무월당의 폭발을 사전에 준비하셨다는 게 사실입니까?"

"그렇네."

"대체 왜……?"

"그 요망한 모자(母子) 중 한 명은 지옥으로 끌고 갈 수 있을 줄 알았네. 보다 정확히 말하면 벽사룡을 보낼 줄 알았지. 한데 겨우 냉심무정 따위를 보낼 줄이야. 놈들에게 나는 언제든 밟아 죽일 수 있는 벌레에 불과했음이야."

장개산의 눈동자에 기광이 맺혔다.

벽사룡을 보낼 것이라는 상왕의 예상은 맞았을 것이다. 다만 그 시간에 벽사룡이 몸을 빼지 못했을 뿐. 그때 벽사룡은 단장애에서 남궁휘가 이끄는 흑풍조에게 발이 묶여 있었다. 그 바람에 냉심무정 이옥수가 상왕을 잡으러 갔고, 상왕이 오랜 시간 공들여 세운 계획이 수포로 돌아갔다.

하지만 진짜 놀랄 일은 따로 있었다.

"그들의 정체를 알고 있었단… 말입니까?"

"그렇네."

"놈들의 정체를 알았으면서도 어찌하여 이 지경이 될 때까지 지켜보기만 한 것입니까?"

"두려웠네."

"……!"

"내가 놈들의 정체를 알아차렸을 때는 이미 오래전에 금화선부를 장악한 상태였지. 난 손발을 꽁꽁 묶여 아무것도 할 수가 없었네. 뿐만 아니라 놈들의 힘은 이미 강호 곳곳에 침투해 있었네. 그들의 힘은 사람들이 생각하는 것보다 훨씬 강했네. 백도무림은… 절대로 그들을 이길 수 없… 을… 걸세."

말미에 지독한 고통이 찾아왔는지 상왕의 표정이 말할 수 없이 일그러졌다. 숨소리마저 거칠어지면서 금방이라도 숨이 넘어갈 것 같았다.

묻고 싶은 것이 산더미처럼 많았지만 지금은 만약의 경우를 대비해 중요한 것부터 알아내야 했다. 장개산은 가장 중요하면서도 핵심적인 것을 물었다.

"청화부인이 회주입니까?"

"그는… 진정 무서운…….."

순간, 상왕의 사지가 축 늘어졌다.

양각노호가 재빨리 목에 손가락을 대보고는 말했다.

"까무러쳤네."

하나같이 놀랍지 않은 것이 없었다.

상왕은 오래전부터 놈들의 정체를 알고 있었다, 그럼에도 불구하고 아무에게도 이 사실을 알리지 않았다.

대체 왜 그랬을까?

놈들이 손발을 꽁꽁 묶어 버렸다는 건 변명에 지나지 않는다. 의지만 있다면 왜 방법이 없겠는가. 그 바람에 애꿎은 사람들이 일천여 명이나 죽었다.

아니다.

상왕의 관심은 처음부터 무림의 다른 사람들의 목숨 따위에는 관심이 없었다. 그의 목적은 오직 하나, 벽사룡과 청화부인을 죽이는 것이었다. 그러기 위해서라도 그는 놈들의 정체를 세상에 알렸어야 했다.

장개산은 말할 수 없이 분노가 치밀었다.

"상왕은 마지막 순간에 무월당과 함께 장렬하게 산화함으로써 금화선부에 깃든 섬서 무림인들에게 경고하려고 했던 것 같네."

홍쌍표가 말했다.

"그건 말이 안 됩니다. 경고를 하려면 사달이 일어나기 전에 미리 했어야지요. 사람들이 모두 함정에 빠질 때까지 기다렸다가 뒤늦게 죽음으로써 경고를 한다는 것은 이해가 되질 않습니다."

장개산이 발끈했다.

"바깥에서 보는 금화선부는 안에서 보는 그것과 많이 다르네. 세상에 알려지지 않았지만 지난 몇 년간 상왕은 원인을 알 수 없는 병마에 시달렸네. 지금 보니 그게 저 독으로 말미암은 것이지 싶군. 어쨌든 호위를 한다는 명목으로 경계는 더욱 강화되었고 의원들이 밤낮으로 곁을 떠나지 않았지. 지금 생각해 보면 호위며 의원들이며 모두가 청화부인 쪽 사람이었어. 한마디로 손발을 꽁꽁 묶은 것이지."

양각노호가 말했다.

그는 금화선부에 숨어 살면서 내부의 사정에 대해 보고 들은 것이 가장 많았을 것이다.

"역시 말이 되지 않습니다. 놈들의 감시가 아무리 철통같다 해도 뜻만 있다면 방법은 얼마든지 있었을 겁니다. 녹야극이라는 호법을 보내 용두방주님과 은밀히 회동까지 하지 않았습니까? 최소한 방주님께만이라도 언질을 주었더라면······."

"그랬다면 섬서 무림인들이 금화선부로 집결하지도 않았겠지."

다시 홍쌍표가 말했다.

"그게 무슨 말씀이십니까?"

"우리의 짐작이 틀리지 않다면 상왕은 병마를 만나고 나서야 비로소 무언가 이상한 낌새를 알아차린 것 같네. 그리고 천천히 계획을 세운 것 같네. 그 결과가 오늘의 이것이지."

　이어지는 홍쌍표의 말은 놀라운 것이었다.

　자신의 병마가 우연히 생긴 것이 아님을 깨달은 상왕은 불순한 무리를 역추적하기 시작했다. 그리고 마침내 믿을 수 없는 사실과 직면하게 되었다. 그건 청화부인이 독수광의의 처이며, 여태 자신의 핏줄인 줄 알고 키워온 벽사룡 또한 독수광의의 씨앗이라는 것이었다.

　대경실색한 상왕은 갖은 방법을 동원해 놈들을 몰살하고 뼈에 사무친 원한을 갚으려 했다. 하지만 그땐 금화선부가 이미 놈들의 수중에 떨어진 후였다. 누가 적이고 누가 아군인지 도무지 알 수가 없는 상황, 상왕은 혼자 힘으로는 아무것도 할 수가 없었다.

　심지어 독에 중독된 나머지 자신의 목숨마저 사실상 놈들의 수중에 있었다. 자칫 들통이라도 나는 날엔 제대로 된 반격 한번 해보지 못하고 죽을 판이었다.

　그 무렵 대망혈제회는 서서히 본색을 드러내기 시작했고, 상왕은 대망혈제회의 발호에 대비한다는 명목으로 섬서 무림맹의 창설을 주장했다.

　청화부인은 그 옛날 독수광의와 그를 따르는 사마외도들을 척결한 무림인들을 한자리에서 몰살시킬 수 있는 절호의 기회였기에 반대할 이유가 없었다.

청화부인은 적극 협조를 했고, 상왕은 섬서 무림 전역에 무림첩을 보냈다. 각기 다른 암계가 진행 중인 상황에서 섬서성의 무림인들은 영문도 모른 채 금화선부에 집결하기에 이르렀다.

"결정적인 순간 상왕은 무월당을 폭파시킴으로써 금화선부에 집결한 섬서 무림인들에게 상황을 알리고자 했지. 한데 놈들이 한발 빨랐어. 알다시피 무월당이 폭발했을 때는 이미 거사가 시작되고 난 후였지."

홍쌍표가 말했다.

"상왕도 섬서 무림인들만으로 대망혈제회를 소탕할 수 있을 거라고는 생각하지 않았을 걸세. 다만 심대한 타격을 줄 수 있을 거라고 생각했겠지. 결과는 이렇게 되어 버렸지만 말일세."

양각노호가 덧붙였다.

"무월당에서 솟구친 화력으로 보아 단순히 자폭을 하려던 게 아닌 건 확실하네. 자신은 독으로 말미암아 어차피 죽을 목숨, 마지막 가는 길에 섬서 무림인들에게 경고도 할 겸 벽사룡과 청화부인 둘 중 하나는 끌고 가거나 최소한 괴물로 만들고 싶었겠지. 한데 엉뚱하게도 냉심무정이 걸려 든 게지."

다시 홍쌍표가 말했다.

모처럼 두 사람의 의견이 맞아 떨어졌다.

이옥수, 녹야극, 상왕이 나누었다는 대화와 무월당의 폭발, 지금 돌아가는 상황, 지난날 금화선부에서 있었던 일들을 토대로 꿰어 맞춘 조각은 정말 그럴 듯했다.

아니, 그런 정도를 떠나 다른 경우의 수가 있을 것 같지 않았다. 세세한 부분은 살이 붙고 오측이 있을지 몰라도 큰 줄기는 두 사람의 예상이 맞을 것이다.

장개산은 노강호들의 식견에 놀라움을 금치 못했다.

하지만 그들의 식견보다 더 놀라운 것은 이제부터 생존한 섬서 무림인들이 직면해야 할 진실이었다.

상왕은 그들을 이용해 대망혈제회를 제거하려 했다.

그들의 의지나 안위 따위는 안중에도 두지 않은 채.

생존한 섬서 무림인들이 이 사실을 알면 공황상태에 빠지게 될 것이다. 그건 사기의 저하로 이어지고 사태는 더욱 악화되리라.

"아직은 모두 추측일 뿐입니다."

"물론이지."

"그를 반드시 살려내 진위를 확인해야 합니다."

"그냥 죽는 게 나을지도 모르네."

양각노호가 곁에서 고개를 끄덕였다.

홍쌍표의 말에 동감한다는 뜻이었다.

당연한 말이지만, 생존한 섬서 무림인들이 진실을 알면 상왕을 살려두려 하지 않을 것이다. 사실 지금까지 밝혀진 것만으로도 상왕은 죽어 마땅하다.

하지만 그는 아직 죽어서는 안 된다.

지금 무림을 통틀어 대망혈제회에 대해서 상왕만큼 잘 아는 사람은 없었다.

전쟁은 이제부터 시작이다. 중원무림의 운명과 더 많은 사람들의 목숨을 살리기 위해서라도 상왕이 그동안 밝혀낸 대망혈제회에 대해서 들어야 했다.

병력과 고수들의 면면, 무림에 침투한 정도 등등. 알아야 할 게 한두 가지가 아니다. 홍쌍표와 양각노호가 상왕을 이곳에 숨겨둔 것도, 장개산을 몰래 데려온 것도 그 때문이었다.

"상왕이 여기에 있다는 걸 또 누가 압니까?"

"우 노형과 나, 바깥에 있는 화중악, 이제 자네까지 넷이군."

"당분간 함구하는 게 좋겠습니다."

"상왕의 생존이야 비밀에 붙인다고 해도 그가 한 일은 감출 수가 없을 걸세. 섬서 무림의 명숙들은 바보가 아니네. 지금쯤이면 그들도 무언가 이상하다는 것을 눈치챘을 걸세. 그들은 우리와는 비교도 할 수 없을 만큼 금화선부와 오랜 세월

동안 교류한 사람들일세. 어쩌면 지금쯤 우리보다 더 많은 것들을 알아냈을 지도 모르네."

"그 전에 여길 빠져나가야지요."

"방법이 있나?"

"없습니다."

"방법도 없는데 무슨 수로 빠져나간다는 건가?"

"그렇다고 여기서 살 수는 없지 않습니까?"

"그건… 그렇지."

할 말이 없어진 홍쌍표가 턱을 벅벅 긁었다.

"없어도 만들어야 하네, 반드시."

양각노호가 말했다.

물론 장개산을 향한 것이었다.

장개산은 물끄러미 양각노호를 바라보았다.

바깥엔 살육에 굶주린 사마외도들이 손바닥만 한 성을 겹겹이 에워싸고 있다.

성안엔 언제 자중지란이 일어날지 모르는 생존자 오십여 명이 가까스로 모여 있다. 그나마 상당수가 부상을 당해 실제로 싸울 수 인원이 얼마나 될지는 파악조차 못했다.

그야말로 모든 일어날 가능성 중에서 가장 최악의 상황이다. 이런 마당에 무슨 방법을 찾는단 말인가. 그보다 양각노호는 왜 자신에게 그런 무거운 짐을 지우려는 걸까?

창월루로 들어오면 노강호들의 지혜에 의지할 수 있을 거라 생각했건만 상황은 오히려 그 반대였다.

일이 꼬여도 더럽게 꼬였다.

야신의 목을 따러 왔다가 이렇게 큰일에 휘말릴 줄이야.

어쨌거나 지금은 눈앞의 사태를 수습하고 방법을 강구해야 할 때다.

장개산은 다시 양각노호를 돌아보며 말했다.

"그를 다시 깨울 수 있을까요?"

"지금 당장은 무리일세. 죽을 수도 있어."

"얼마나 기다리면 되겠습니까?"

"글쎄."

"반드시 깨워야 합니다. 그것도 최대한 빨리."

양각노호는 장개산을 물끄러미 응시했다. 필시 무슨 곡절이 있는 것처럼 느껴졌지만 그는 아무것도 묻지 않았다.

"노력해 봄세."

"난 뭘 하면 되겠나?"

홍쌍표가 물었다.

"방주님께서는 사람들을 이끌고 창월루를 샅샅이 뒤져 공성전에 대비해 무기로 쓸 만한 것들이 있는지 찾아봐 주십시오. 만약 아무 것도 없다면 불필요한 곳의 벽을 무너뜨려서라도 투석을 준비해 주십시오. 아시다시피 많으면 많을수록 좋습니다."

"알겠네."

어느 순간부터 장개산이 상황을 주도하고 있었다. 하지만 양각노호도, 홍쌍표도 그것을 너무나 자연스럽게 받아들였다.

그때 바깥에서 망을 보고 있던 화중악이 황급히 뛰어들었다. 그가 장개산을 바라보며 다급하게 말했다.

"좀 나와 보셔야겠습니다."

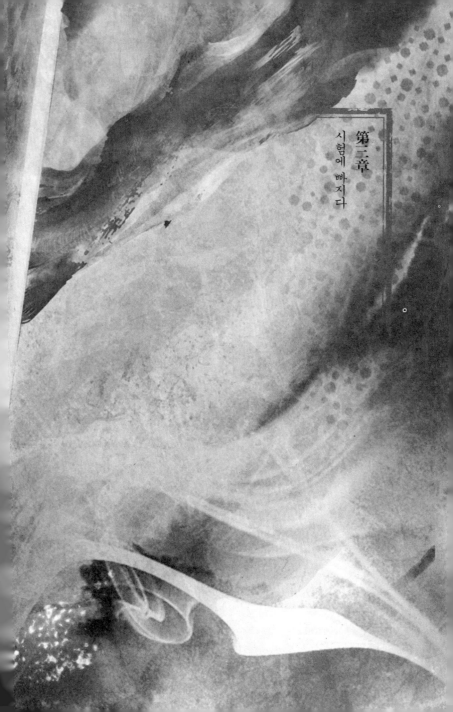

第二章

시험에 빠지다

　바깥으로 나왔을 때는 무월당의 불길이 아직도 남아 있었
다. 아마도 지난밤 내내 타오른 모양, 덕분에 적들이 모여 있
는 개활지는 물론이거니와 성안까지 주위를 살피는 데 불편
함이 없을 만큼 밝았다. 무월당의 불길이 거대한 횃불의 역할
을 했던 것이다.

　생존자들은 죄다 성벽 위 보도(步道)에 모여 있었다.

　보도란 공성전에 대비해 성벽의 꼭대기를 따라 만들어 놓
은 좁은 길을 말한다. 그 길의 가장자리에 가슴 높이까지 오
는 요(凹) 자 모양의 흉벽이 있고, 사람들은 흉벽 너머를 두려

움과 분노가 뒤섞인 표정으로 바라보고 있었다.

흥벽 너머 개활지에서는 이천여 명의 사마외도가 일사불란(一絲不亂)하게 대오를 갖춘 채 창월루를 향해 서 있었다. 넘쳐 나는 것이 말이라더니 단 한 명도 빠짐없이 말을 탔다.

대열의 중앙에는 엄청난 크기의 붉은 깃발이 어디선가 불어온 바람에 쉴 새 없이 펄럭이는 중이었다. 깃발엔 용이 되지 못한 뿔 없는 이무기, 즉 대망(大蟒) 한 마리가 황금빛 수실로 새겨져 있었다.

피처럼 붉은 바탕은 혈맹을, 황금빛 수실로 수놓은 대망은 백도인들이 좌도방문이라 손가락질하는 이 땅의 모든 사마외도인들을 상징한다.

깃발은 대망혈제회의 회기(會旗), 즉 대망혈기(大蟒血旗)였다. 금화선부를 장악한 자들이 자신들의 정체성을 밝히는 동시에 대망혈제회가 무림에 공식적으로 재등장하는 순간이었다.

"언제부터 저러고 있었습니까?"

장개산이 개활지에서 시선을 떼지 않은 채 물었다.

"밤새 보이지 않던 벽사룡이 육사부와 함께 모습을 드러내더니 조금 전부터 갑자기 사람들이 대오를 갖추기 시작했습니다. 공격을 시작하려는 걸까요?"

조연려가 물었다.

주위를 둘러보던 장개산은 대망혈기로부터 멀지 않은 곳에 있는 한 무리의 사람을 발견했다. 그중 유난히 눈에 띄는 괴청년이 있었다.

칠흑처럼 검던 흑발은 어느새 백발로 바뀌었고, 가슴엔 번쩍이는 은빛 흉갑을 패용했는데 그 모습이 유난히 큰 덩치를 자랑하는 흑마(黑馬)와 어울려 어딘지 모르게 신령스런 느낌을 주었다.

그는 벽사룡이었다.

다만 전날 보았던 벽사룡과는 너무나 달랐다. 전날의 벽사룡이 발군의 무재를 지녔으나 여전히 후기지수의 면모를 벗어나지 못한 청년의 느낌이었다면, 지금은 일세를 이끄는 패주에게서나 볼 수 있을 법한 위압감이 뿜어져 나오고 있었던 것이다.

본시 무림인들은 갑옷을 선호하지 않는다.

갑옷은 칼과 화살을 감당할 자신이 없는 군문의 장수들이나 사용하는 것이다. 그럼에도 불구하고 흉갑을 패용했을 때는 곡절이 있을 터, 필시 도검이 침투하지 못하는 기물이리라.

흉갑이야 그렇다 쳐도 희다 못해 은은한 은빛까지 뿜어내는 저 머리카락은 대체 어떻게 된 걸까?

장개산은 일 년 전 하 노인으로부터 들었던 이야기가 생각났다. 백골소혼장에 맞은 빙소화를 구출해 망구객점에 숨겨 두고 치료를 시작한 지 사흘째 되던 날 밤, 하 노인은 야신의 소환령을 받고 동해에 뜬 범선에 올랐다가 놀라운 인물을 목격했다고 했다.

백발에 투명한 살결을 지닌 서른 살 가량의 청년, 매미껍질처럼 텅 비어 버린 듯한 그 눈동자를 마주하는 순간 하 노인은 일생을 통틀어 한 번도 경험해 보지 못한 공포를 느꼈다면서.

그날 하 노인이 보았다는 백발에 투명한 살결을 지닌 청년이 바로 지금 눈앞에 있는 벽사룡이었던 것이다. 필시 기괴하고 사이한 무공을 익히는 과정에서 백발로 변했을 터. 사람들의 의심을 사지 않기 위해 지금껏 변장을 하고 산 모양이었다.

장개산은 일 년 전 자신도 모르는 사이에 벽사룡과 함께 같은 항주라는 공간에 있었다는 사실이 소름 끼쳤다. 놈은 자신의 존재를 알고 있었을까?

벽사룡의 곁에는 일 년 전 하 노인이 처음 언급했고, 조금전 홍쌍표가 그들의 무서움을 경고한 육사부가 있었다.

은빛 투명한 잠사로 몸을 휘감은 중년의 여인, 하지만 실제로는 칠순을 넘긴 노파는 바로 설산옥녀 요교랑이다.

소맷자락 속에 양손을 푹 찔러 넣은 뚱보 노인이 일지혼마 화녹천, 허수아비처럼 삐쩍 마른 체구에 검을 찬 키다리 노인은 신검차랑 육심문, 강인한 턱선에 양쪽 관자놀이를 향해 사납게 치솟은 검미가 폭급한 인상을 주는 적안의 노인은 적안살성 후동관, 백의장삼을 입고 청건을 쓴 맑은 인상의 노인은 은하검객 마중영이다.

그리고 마지막 한 사람, 육사부 중 가장 작은 키에 허리까지 구부정해 턱밑에 매달린 은발의 수염이 금방이라도 바닥을 쓸 것 같은 노인이 바로 천화성군 혁련월이다.

하늘 아래 가장 강한 세 명의 검사 중 한 명.

그들을 바라보는 순간 장개산은 흡사 여섯 개의 산악이 눈앞에 버티고 서 있는 듯한 느낌이 들었다.

그때 대오 속에서 누군가 말을 달려 나왔다.

흡사 사자를 연상케 하는 갈기 머리와 기둥뿌리 같은 사지를 지닌 그는 장개산이 그토록 죽이고 싶어 하던 야신이었다.

잠시 후, 성벽 아래까지 달려온 야신이 말을 멈추고 물었다.

"일 년 만에 보는군."

"내게는 하루만이오."

"간밤에 사선으로 숨어 들어온 쥐새끼가 너였군. 늙은 쥐가 두 마리 더 있었던 것으로 아는데, 아, 저기 한 마리가 더 있군."

야신의 눈이 주위를 훑다가 장개산과 어깨를 나란히 하고 있는 용두방주를 발견하고 멈추었다. 쥐새끼를 말을 듣고도 가만히 있으면 홍쌍표가 아니었다.

"귀하가 야신인지 야식인지 하는 늙은이로군. 듣자하니 일년 전 서호에서 장개산에게 흠씬 두들겨 맞았다지? 대망혈제회에는 인물이 없나 보군. 북검맹의 하급무사 따위에게 맞고 다니는 늙은이를 북천대주로 앉혀놓은 걸 보면."

"녀석의 무예가 예사롭지 않다는 걸 알 텐데?"

"그래도 보는 눈은 있군. 암, 그렇고말고. 일천 명의 잡졸을 이끄는 대망혈제회의 늙은 대주 따위는 안중에도 두지 않는 친구지. 그래봐야 북검맹의 하급무사지만."

자신이 약해서 진 게 아니라는 말을 하려다가 엉뚱하게 장개산만 추켜세운 꼴이 되었다. 야신은 도저히 말로는 저 늙은이를 당할 수 없음을 깨닫고 다시 장개산에게로 시선을 돌렸다.

"네놈의 목적은 처음부터 나였다는 걸 알고 있다. 지금이라도 나와 일전을 겨뤄보는 것이 어떠하냐?"

"지금 장개산에게 도전하는 것인가?"

홍쌍표가 불쑥 끼어들었다.

야신은 얼굴이 시뻘개졌다.

장개산이 제아무리 대단한 신력을 지녔다고는 하나 아직

은 무림초출에 불과한 그에게 자신이 어찌 도전을 할 것인가.
단지 일전을 핑계로 놈을 끌어내 숨통을 끊어놓으려는 것일
뿐이다.

그렇게 되면 창월루에 갇힌 생존자들은 구심점을 잃고 크
게 흔들릴 것이다. 이후 창월루를 공격해 생존자들을 몰살하
는 것은 일도 아니다.

사실 이건 벽사룡의 계획이었다.

야신으로서는 죽은 제자들의 복수를 할 수 있는 절호의 기
회였기에 마다할 이유가 전혀 없었다.

한데 저 노련한 거지가 모든 걸 간파하고는 톡톡 끼어들어
초를 쳐대니 부아가 치밀어 죽을 지경이었다.

"싫소."

장개산은 짧고 간략하게 말했다.

그 역시 야신과의 일전을 치루고 싶은 생각이 굴뚝같았다.
하지만 지금은 창월루에 갇힌 생존자들을 구하는 게 먼저다.
야신과 싸워 질 거라는 생각은 하지 않지만, 고수들 간의 생
사결은 승부를 장담할 수가 없다. 지금은 냉정해야 할 때였
다.

"두려운가?"

야신이 입가에 조소를 머금었다.

"격장지계(激將之計) 따위로 나를 움직일 순 없을 것이오."

"다시는 나와 일전을 겨룰 수 있는 기회가 오지 않을 것이다. 그래도 상관없단 말인가?"

"분명히 말해두거니와 당신의 목숨이 붙어 있는 한 우리는 반드시 다시 만나게 될 것이오."

야신은 가소롭다는 듯 한참을 웃더니 말했다.

"아는지 모르겠다만, 창월루는 우물이 없다. 물론 음식도 없지. 그 좁은 곳에서 한 줌도 되지 않은 병력으로 얼마나 버틸 수 있을 것 같은가?"

"나도 그렇게까지 오래 있을 생각은 없소."

"설마 여길 뚫고 나갈 수 있을 거라 생각하는 건 아니겠지? 단언컨대 끝까지 항전할 생각이라면 너희는 여기서 죽는다."

"그 전에 당신의 목숨부터 먼저 돌보아야 할 것 같소만."

장개산이 대화를 나누는 동안 조연려가 아까부터 소궁을 당겨 야신을 겨누고 있었다. 이화문의 소궁은 백 장 거리에 있는 철판도 뚫을 정도의 기물이었다.

하물며 불과 이십여 장 앞에 있는 사람의 몸을 뚫는 것은 일도 아니다. 다만 그 상대가 야신이라는 것이 문제일 뿐.

장개산 역시 조연려가 저 활로 야신을 죽이지 못할 걸 알고 있었다. 다만 너라고 불사의 존재는 아니니 조심하라는 경고를 해주고 싶었다.

야신은 조연려의 활 따위는 신경도 쓰지 않은 채 가볍게 웃더니 말했다.

"상왕을 넘겨다오."

야신의 갑작스러운 말에 흉벽 위의 사람들이 크게 술렁였다. 상왕이 아직 생존했다는 사실만으로도 놀라운데, 그가 이곳 창월루에 있다니.

상왕의 생존에 놀란 후기지수들과 달리 먼저 창월루로 피신해 있던 섬서 무림의 명숙들은 조금 다른 의미로 표정이 굳어졌다. 그들의 시선이 누가 먼저랄 것도 없이 장개산을 향했다.

저 말이 사실인지는 묻는 것이었다.

장개산이 입을 열기도 전에 야신이 못을 박았다.

"무월당에서 폭발이 일어날 당시 누군가 상왕을 빼돌린 걸 알고 있다. 불길 속에서 사람을 업고 뛰쳐나올 수 있는 사람은 하늘 아래 단 한 명밖에 없지. 양각노호, 맞나?"

양각노호라는 말에 좌중의 공기가 또 한 번 요동쳤다. 양각노호는 숱한 기행을 일삼은 전설적인 대도다. 하지만 그는 오래전에 종적을 감추는 바람에 사실상 무림을 등지고 초야에 은거했다고 알려졌다. 그런 그가 갑자기 왜 지금 이 순간, 이곳에 나타나는가.

게다가 그는 금화선부는 물론이거니와 대망혈제회와도 아무런 관련이 없었다. 단지 세상을 떨어 울린 도둑일 뿐, 정사마 어느 쪽에도 치우지지 않는 이가 바로 양각노호였다.

장개산은 침잠한 표정으로 야신을 바라보았다.

"싫다면?"

그 한마디에 생존자들 사이에서 나직한 탄성이 쏟아져 나왔다. 상왕이 수중에 있음을 장개산이 확실하게 시인했기 때문이다.

"협상을 하자는 건가?"

"내가 원하는 걸 당신들이 줄 수 있을지 모르겠군."

"생존자 오십 명의 목숨이면 어떤가?"

"……?"

"상왕을 넘겨준다면 금화선부를 빠져나갈 때까지 모두의 안전을 보장해 주지. 물론 자네까지도."

생존자들은 너 나 할 것 없이 그 자리에 얼어붙어 버렸다. 그들은 상왕의 생존과 그가 이곳 창월루에 있다는 사실, 그리고 야신의 놀라운 제안에 어안이 벙벙해졌다.

장개산은 눈살을 찌푸렸다.

저들은 왜 저렇게 파격적인 제안을 하면서까지 상왕을 손에 넣으려는 걸까?

저들의 입장에서 창월루에 깃든 사람들은 독 안에 든 쥐다. 우물도 없고, 먹을 것도 없으니 가만히 놔두면 알아서 기어 나오게 된다.

쓸데없이 피를 흘릴 필요도 없다.

부상자가 많은 창월루의 생존자들은 시급을 다투는 반면 저들은 서두를 이유가 하나도 없었다.

한데 왜 이렇게 서두르는가.

그때 장개산의 머릿속에 홍쌍표의 전음이 울렸다.

[저들은 살아 있는 상왕을 원하네.]

순간, 장개산은 정신이 번쩍 들었다.

청화부인이 금화선부에서 산 지 이십여 년이다.

그동안 상왕을 죽일 기회가 없었을까?

천만에, 마음만 먹는다면 그녀는 얼마든지 상왕을 죽일 수 있었을 것이다. 그럼에도 여태 살려둔 것은 금화선부를 완전히 장악할 때까지 시간을 벌기 위해서였다.

그리고 지금 그녀는 상왕의 죽음을 복수의 상징으로 삼을 생각이었다.

상왕은 백도인들 품에서 병사해선 안 된다.

그는 만인들이 지켜보는 앞에서 아들 벽사룡의 칼 아래 천천히 죽어가야 했다. 그게 창월루에 깃든 백도인들을 모두 풀어주는 한이 있더라도 상왕을 서둘러 손에 넣으려는 이유다.

적이 원하는 걸 내가 가지고 있으면 그건 곧 힘으로 만들 수가 있다.

장개산은 협상을 어떻게 해야 하는 건지 몰랐다.

하지만 흥정을 하는 법은 알고 있었다.

흥정의 첫 번째는 상대가 원하는 걸 쉽게 내주지 않는 것이다.

"역시 내가 원하는 건 못 주는군."

"다른 사람들도 그렇게 생각할까?"

장개산은 흉벽 위의 다른 사람들을 바라보았다. 아무것도 모르는 젊은 사람들과 달리 섬서 무림의 명숙들은 표정이 복잡하기 그지없었다.

"동이 터오를 때까지 시간을 주지."

야신은 의미심장한 미소를 지어 보이고는 말머리를 돌려 사라졌다. 마치 이 후에 일어날 일들을 짐작하기라도 하는 듯.

*　　　*　　　*

상왕이 조상에게 제를 지내는 가문의 성지답게 창월루의 중앙 내실은 제단과 각종의 위패 등으로 꾸며져 있었다.

불을 환하게 밝힌 수십 개의 대황촉 아래에 십수 명의 인물이 심각한 얼굴로 마주 앉았다. 창월루로 피신한 생존자들 중 수뇌부라 할 수 있는 사람들이 죄다 모인 것이다.

"상왕이 살아 있다는 게 사실인가?"

철산검문주 이정록이 물었다.

이정록의 질문은 모두의 심정을 대변한 것이어서 사람들의 시선이 죄다 장개산의 입으로 향했다.

"그렇습니다."

"이곳 창월루에 있고?"

"그렇습니다."

"그런데도 우리에겐 귀띔조차 없었단 말이지?"

"그렇게 됐습니다."

"저런 뻔뻔한……!"

곁에 있던 개산일문주 위지룡이 불쑥 내뱉었다.

하지만 시종일관 침잠한 표정으로 자신을 바라보는 홍쌍표 때문인지, 아니면 개활지에서 장개산이 보인 엄청난 괴력 때문인지 그는 애써 감정을 억누르는 듯했다.

"그의 상태는 어떤가?"

다시 이정록이 물었다.

"좋지 않습니다."

"그를 만나게 해주게."

"불가합니다."

"난 지금 자네에게 허락을 구하는 게 아닐세."

"저 역시 문주님의 명령을 따를 생각이 없습니다."

"창월루는 좁네. 찾기로 작심을 하면 개미 한 마리인들 못

찾을까."

"그는 지금 심각한 화상으로 의식을 잃은 상태입니다."

"그렇다면 죽기 전에 더욱 만나 봐야겠군."

"감당하실 수 있겠습니까?"

"무슨 뜻인가?"

장개산은 사람들의 얼굴을 한차례 쓸어 본 후 조용히 말을 이어갔다.

"문주들께서 상왕을 찾으시려는 이유를 짐작하고 있습니다. 그 일을 밝히는 것이 지금 우리가 처한 상황에서 도움이 될까요?"

이정록을 필두로 내실에 모인 사람들의 표정이 딱딱하게 굳어졌다. 장개산의 한마디는 그들이 짐작하는 바가 사실이라는 걸 의미하는 것이었다.

상왕의 간계에 빠져 섬서 무림인 일천여 명이 죽었다. 제자와 혈족을 잃은 사람들은 너 나 할 것 없이 분노로 몸을 바들바들 떨었다.

쥐죽은 듯한 침묵이 흐른 끝에 이정록이 말했다.

"더 나빠질 것도 없네."

"아닙니다. 더 나빠집니다."

"어찌하여?"

"우리의 짐작이 맞다면 상왕을 넘겨주자는 사람들이 나올 것입니다. 그렇게 되면 사람들은 자중지란에 빠질 겁니다. 문주들께서 원하시는 게 그런 겁니까?"

"모두가 같은 생각을 한다면 자중지란에 빠질 일도 없지."

"무슨… 뜻입니까?"

"이번 금화선부에서의 회동에 제자를 보내온 방파가 몇 곳인지 아는가? 정확히 쉰두 곳일세. 모두 삼십 년 전 혈사 당시 상왕의 동원령을 받고 독수광의와 그를 따르는 사마외도들을 추살하는데 일조한 방파들이지."

이정록은 옛 생각이 나는 듯 잠시 사이를 두었다가 다시 말을 이었다.

"놈들이 왜 대오를 갖추었다고 생각하나?"

출정(出征) 준비다.

놈들은 섬서성 곳곳에 산개해 있는 무림방파들을 공격할 작정이었다.

이후의 목표가 지난날 자신들에게 칼을 겨눈 쉰두 곳의 방파가 될 것은 너무나 당연한 수순이었다. 한 줌도 안 되는 창월루의 생존자들을 치기 위해 이천여 명이나 되는 사마외도들이 모두 달려들 필요는 없다.

장개산은 당황했다.

놈들이 금화선부를 장악한 다음에는 섬서 무림의 다른 방파들을 향해서도 공격을 가할 거라는 짐작은 했다. 하지만 그 시간이 이렇게 빨리 올 줄은 몰랐다.

놈들이 대오를 갖추는 걸 보고서도 자신은 왜 그 생각을 못했을까? 당사자가 아니기 때문이다.

저들에겐 모든 것이었지만 장개산에겐 아무리 함께 분노한다고 해도 결국은 남의 일이었다. 같은 적을 마주하고 있지만 각자가 처한 상황은 이처럼 제각각이었다.

"우리가 갇혀 있는 동안 놈들이 섬서 무림을 휩쓴다면 쉰두 곳의 문파는 멸문지화를 당하게 될 걸세. 우리는 한시도 여기서 머무를 수 없네."

장개산은 상왕을 넘겨주기로 모두가 의견의 일치를 보았음을 깨달았다. 이정록의 말은 장개산도 동참할 것을 요구하는 은근한 협박이었다.

그걸 증명하기라도 하듯 청검문주 사통후와 개산일문주 위지룡을 위시해 장내에 모인 섬서 무림의 수뇌부 전부가 뚫어질 듯한 표정으로 장개산과 홍쌍표를 노려보았다.

"살려주겠다는 놈들의 말을 믿으시는 겁니까?"

"조직의 힘은 기강에서 나오는 법이네. 아무리 사마외도라고 하나 만인이 지켜보는 앞에서 공언을 했으니 최소한 금화선부를 빠져나갈 때까지는 안전을 보장해 줄 걸세."

"금화선부를 빠져나간 다음에는 어쩔 작정이십니까?"

금화선부를 빠져나갈 때까지 놈들이 공격을 하지 않을 거라는 것에는 장개산도 생각이 같았다.

　문제는 금화선부를 빠져나가고 난 이후다.

　모두가 짐작하는 바, 놈들의 살벌한 추살이 시작될 것이다. 제 한 몸도 건사하기 어려운 상황에서 절반에 가까운 부상자들까지 데리고 놈들의 추격을 벗어난다는 건 불가능했다

　일부 고강한 자들은 살아남을 수 있을지 모른다.

　하지만 그들을 살리자고 나머지 사람들을 제물로 삼을 수는 없지 않은가.

　"여기서 죽음을 기다리는 것보다 낫다고 보네만."

　"어제까지 동료였던 사람을 적에게 던져주는 대가로 말이지요?"

　"자넨 아까부터 한 가지를 간과하고 있는 것 같군. 어제까지 동료였던 사람의 사적인 복수에 천여 명이나 되는 사람이 동원되었다가 영문도 모르는 채 죽었네. 우리에게 도의를 바라는 건 무리가 아닐까?"

　"삼십 년 전에도 그랬지요."

　"무슨… 뜻인가?"

　"그때도 여러분은 상왕의 복수에 동원되었고, 지금과는 비교도 할 수 없을 만큼 많은 인명을 잃었습니다. 지금과 다른 것이 있다면 그때는 대가로 무언가 얻을 것이 있었다는 뜻이겠지요."

쾅!

"노옴! 터진 주둥아리라고 함부로 지껄이는구나!"

폭급한 성정의 소유자답게 위지룡이 탁자를 내려치며 벌떡 일어섰다. 허리춤에 꽂아둔 장검을 금방이라도 뽑아 휘두를 것처럼 기세가 사나웠다.

그의 뒤쪽에 있는 몇몇 인물들 역시 진노한 기색이 역력했다. 몇몇 사람들은 모욕을 참지 못하고 검파로 손을 가져갔다. 장개산이 그들의 치명적인 약점을 칼로 후벼 파듯 끄집어낸 탓이다.

때를 맞춰 홍쌍표가 허리춤에 차고 있던 청려장을 뽑아 탁자 위에 슬그머니 올려놓았다. 명아주를 말려서 만드는 여타의 청려장과 달리 홍쌍표의 그것은 청동에 모종의 금속을 섞어서 제련한 것이다.

사람들의 눈을 속이기 위해 청려장의 모습만 본떴을 뿐 사실상 쇠몽둥이인 이 지팡이는 대대로 전해져 온 개방주의 신물이었다. 홍쌍표는 이 청려장으로 숱한 고수들을 때려눕힌 전력이 있었다.

청려장을 알아본 위지룡은 흠칫 굳었다.

개방의 방주라면 아무래도 꺼림칙한 마음이 없지 않았다. 하지만 그 역시 일문을 호령하는 문주였다. 위지룡이 두 눈을 회번덕거리며 물었다.

"무슨… 뜻이오?"

"힘에는 힘, 말에는 말. 그게 노부의 신조외다."

"지금 우리와 싸우기라도 하겠다는 거요?"

위지룡은 '나와' 가 아니라 '우리와' 라는 말로 모두를 끌어들이려 했다.

"그건 외려 내가 묻고 싶은 말이외다. 분명히 말해두거니와 귀하가 아니라 누구든 무리의 힘을 믿고 이 아이를 핍박한다면 나 또한 좌시하지 않겠소."

"우리는 지금 사문의 형제들을 함정에 빠뜨려 죽인 원수에게 죗값을 묻겠다는 거요. 대체 이게 뭐가 잘못이란 말이오!"

"한데 내 눈에는 어찌 상왕이 저지른 일을 핑계 삼아 목숨을 구하기 위한 방편으로 삼으려는 것처럼 보일까. 그것도 사마외도들이나 하는 방식으로 말이오."

"이보시오, 방주……!"

"다들 부끄러운 줄 아시오!"

홍쌍표가 더욱더 큰 음성으로 일갈을 내질렀다.

그러자 평소의 장난스런 기색은 온데간데없고 십만 방도를 호령하는 거인이 모습을 드러냈다.

제아무리 섬서 무림을 좌지우지하는 노강호들이라고는 하나 개방 용두방주의 위엄에 비할 바가 아니다. 사람들은 어금니를 빠드득 갈며 애써 분노를 삼켰다.

"여러분은 이미 장개산의 경고를 한 차례 무시한 적이 있소. 그때 여기 있는 사람들 중 단 한 명이라도 저 친구의 경고를 귀담아들었더라면 지금과 같은 최악의 상황은 면했을 것이오. 안 그렇소?"

또다시 터진 홍쌍표의 직언에 좌중이 찬물을 끼얹은 것처럼 고요해졌다. 홍쌍표는 사람들을 한차례 쓸어 본 후 다시 말을 이었다.

"이제라도 그의 의견에 귀를 기울일 것을 충고하는 바이오. 불치하문(不恥下問)이라는 말도 있거니와 어린 사람에게 가르침을 청하는 건 부끄러운 일이 아니오. 하물며 단지 얘기를 들어보자는 바에야……."

위지룡이 무언가 더 말을 하려는 데 이정록이 손을 들어 막았다. 그의 한마디, 손짓 하나는 함부로 거역할 수 없는 어떤 힘 같은 게 있었다.

그가 장개산에게 물었다.

"상왕을 넘겨주지 말아야 할 이유가 무엇인가?"

장개산은 그를 한동안 침잠하게 바라보다가 천천히 입을 열었다.

"문주님께선 대망혈제회의 회주가 누구인지 아십니까? 그들의 힘이 어디까지 미치고 있는지, 어떤 고수들을 품었는지, 얼마나 많은 사마외도들이 대망혈제회라는 이름 아래 하나로

뭉쳤는지는 아십니까?"

"……."

"일전에도 말씀드렸다시피 놈들은 촉도와 대운하로 이어지는 황하의 물길을 타고 대륙 전체를 에워쌀 계획을 세웠습니다. 설마 그게 바깥에 있는 저 이천의 병력만으로 가능하다고 생각하시는 건 아니겠지요? 애석하게도 좌도방문의 비급들이 강호에 퍼지기 시작한 지 수년이 흘렀음에도 불구하고 그들에 대해 정확하게 아는 사람은 여태 단 한 명도 보지 못했습니다. 하지만 상왕이라면 알지도 모릅니다."

"상왕과 대화를 나누었군."

"그렇습니다."

좌중의 공기가 차갑게 식었다.

사람들 역시 상왕이라면 대망혈제회에 대해 자신들보다는 깊게 알 거라는 생각을 하지 않은 건 아니었다. 하지만 막연하게 생각할 때와 달리 상왕과 대화를 나누었다는 장개산으로부터 그 이야기를 듣는 것은 무게감이 달랐다.

게다가 상왕은 대망혈제회의 회주가 누구인지조차 알 거란다. 장개산의 말이 사실이라면 이는 지난 수년 동안 중원무림이 그토록 대망혈제회를 추적하고도 얻지 못한 큰 성과다.

하지만 동이 트기까지는 불과 반 시진도 남지 않았다.

그 안에 상왕이 깨어난다는 보장이 없거니와 설혹 깨어난

다고 해도 그가 아는 것들을 풀어놓기에는 너무나 짧은 시간
이다.

결국 장개산의 말은 상왕을 여기서 데리고 나가겠다는 뜻
이었다. 그러려면 이곳 창월루에 집결한 사람들 모두의 목숨
을 걸어야 했다.

"놈들은 이미 본색을 드러냈습니다. 그런 차에 무슨 정보
가 더 필요하단 말입니까, 어차피 때가 되면 하나씩 스스로
밝힐 것을."

위지룡이 발끈하며 말했다.

그는 사공찬으로부터 아들 위종산이 단장애에서 벽사룡에
게 단칼에 죽었다는 말을 들은 후 복수를 하려 혈안이 되어
있었다. 복수를 하려면 무엇보다 여기서 살아 나가야 했다.
하물며 상왕이 무얼 얼마나 알고 있는지조차 모르는 상황에
서 어찌 모험을 할 것인가.

"제 생각도 같습니다. 상왕이 대망혈제회에 관해 속속들이
알고 있다고 해도 쉰두 개 문파의 운명을 걸고 도박할 수는
없습니다. 처음부터 비교 대상이 되질 않습니다."

청검문주 사공찬이 말했다.

폭급하고 감정적인 위지룡과 달리 그는 언제나 신중하고
말을 아끼는 편이었다. 때문에 그의 한마디는 많은 사람들에
게 영향을 끼쳤다. 여기저기서 사람들이 고개를 주억거리기

시작했다.

그때 또 다른 한 사람이 말했다.

"놈들이 출병하기 전에 빠져나갈 수만 있다면 한 번쯤 고려해 볼 만하지 않겠습니까?"

사람들의 시선이 일제히 소리가 난 곳으로 쏠렸다. 예순 살이나 되었을까? 몸에 두른 궁장이 적들의 피로 얼룩진 와중에도 단정한 매무새만큼은 잃지 않고 있는 그는 놀랍게도 노파였다.

은하검문의 문주 임당령이다.

지금 이곳에 모인 무림의 명숙들 중 젊었으며 동시에 유일한 여자문주였다. 그녀의 제자인 위지약도 그렇지만, 이번 회동에 찾아온 은하검문의 제자들은 모두 여자였다.

그럴 수밖에 없었다.

은하검문에는 남제자가 없었다. 은하검문은 대대로 여제자만 받아들은 여자들의 문파였다. 하지만 누구도 그들의 무예와 저력을 무시하지 못했다.

임당령은 섬서성에서 열 손가락 안에 꼽히는 검의 고수였다. 다만 문파의 문주들에 비해 상대적으로 젊은 나이와 여자로서의 불편함 때문에 목소리를 높이지 않았을 뿐.

장개산은 임당령을 지난 만찬회장에서 한 번 보고 오늘이 두 번째였다. 그때는 누군지 몰랐고, 오늘은 이곳에 들어오기

전 홍쌍표가 살짝 귀띔을 해준 탓에 그녀가 위지약의 사부라는 걸 알았다.

임당령은 잠시 사이를 두었다가 말했다.

"모두 아시다시피 우리는 이미 두 번의 기회를 뼈아프게 놓쳤습니다. 첫 번째는 금화선부의 지원을 등에 업고 위세를 떨치면서도 사실상 금화선부에서는 무슨 일이 일어나고 있는지 까맣게 모르고 지냈던 세월이고, 두 번째는 이틀 전 저 청년이 만찬회장으로 찾아와 대망혈제회의 공격을 경고하고 돌아갔을 때입니다. 그리고 지금이 세 번째 기회일지도 모른다는 생각이 드는군요."

"무슨 뜻인지요?"

사공찬이 물었다.

"제아무리 진에 갇히고 취침 중이었다고 해도 일천은 결코 적은 숫자가 아닙니다. 한데도 우리는 몰살을 면치 못했습니다. 게다가 적들의 숫자는 어찌 된 영문인지 하나도 줄지 않았습니다."

이건 또 무슨 말인가.

사람들은 서로의 얼굴을 바라보며 크게 술렁거리기 시작했다. 장개산과 홍쌍표 역시 영문을 모르기는 매한가지였다. 한데 이정록, 사공찬, 위지룡은 이미 짐작하고 있었다는 듯 차분했다.

"그게 무슨 말씀이오이까?"

홍쌍표가 참지 못하고 물었다.

"애초 금화선부에 집결한 적병력은 가병을 포함해 이천에 육박한다고 들었습니다. 장 소협이 돌격대를 이끌고 창월루로 들어오고 난 이후 개활지에는 천오백여 명의 적 병력만이 남아 있었습니다. 비록 몰살에 가까운 피해를 입었지만 우리 또한 오백여 명은 죽였다는 뜻이지요. 한데 조금 전에 보니 어느새 이천여 명으로 다시 불어나 있더군요. 적 병력 모두가 개활지에 집결한 것은 아닐 터이니 아마도 숫자는 더 많겠지요."

"그 말씀은……?"

"섬서성 곳곳에 퍼져 있던 사마외도들이 속속 금화선부로 모여들고 있는 듯합니다."

사람들은 너 나 할 것 없이 충격을 금치 못했다.

장개산은 표정을 굳혔다.

적 병력이 늘고 있다는 말도 충격적이지만 섬서 무림의 명숙들이 그걸 간파하고 있었다는 사실 또한 놀랍다. 자신과 홍쌍표는 까맣게 모르고 있었지 않은가. 이 역시 지금의 상황을 받아들이는 무게가 다른 탓일까?

"그래서 한시라도 바삐 여길 빠져나가야 한다는 말이 아니외까?"

위지룡이 사뭇 도발적인 어조로 말했다.

"지금 당장 금화선부를 빠져나간들 저들로부터 문파를 지켜낼 수 있을까요? 아마도 어려울 것입니다. 몇몇 문파는 사문을 버리고 떠남으로써 무맥을 보존할 수는 있겠지요. 하지만 그게 과연 사문을 지키는 길일까요?"

"임 문주의 말씀은 사문을 포기하고 놈들에게 보다 심대한 타격을 줄 수 있는 방법을 모색해야 한다는, 그러려면 상왕의 머릿속에 들어 있는 것이 필요하다는 뜻인지요?"

사통후가 상황을 정리하며 물었다.

"발등에 떨어진 불을 끄기에 급급해서 초가삼간이 불타는 걸 놓치는 우를 범해서는 안 된다는 뜻입니다. 어차피 놈들이 동틀 때까지 시간을 준 이상, 금화선부를 빠져나가든, 상왕을 넘겨주든 그때까지만 결정하면 되지 않겠습니까?"

임당령의 긴 설명이 끝났다.

사람들의 시선은 너 나 할 것 없이 이정록을 향했다. 쥐죽은 듯한 침묵이 이어지길 한참, 이정록이 고개를 들고 장개산에게 물었다.

"상왕을 데려 나갈 방법이 있나?"

"한 가지 가능성이 있긴 합니다."

좌중의 공기가 술렁였다.

모두가 숨을 죽인 가운데 이정록이 다시 물었다.

"그게 무엇인가?"

"창월루는 당(唐)이 멸망할 무렵 섬서성의 유력한 군벌이었던 상왕의 선조가 제후(諸侯)를 자처하며 올린 성채라고 들었습니다. 듣기로 당 말과 오대(五代)의 초기는 군벌호족(軍閥豪族)이 득세하던 시기로 일 년 사이에도 제후가 여러 차례 바뀌었다고 들었습니다. 그리고 그 시기에 지어진 성채들은 수성전에 패했을 경우를 대비해 비밀통로를 만들어 놓는 경우가 적지 않았다더군요."

"아……!"

곳곳에서 나직한 탄성이 쏟아졌다.

사실 장개산은 성채의 구조에 대해 아는 바가 거의 없는 문외한이나 다름없었다. 다만 청옥산에 살던 시절 사부가 오대십국의 전쟁사를 들려줄 적에 비밀통로에 대한 얘기를 얼핏 들은 기억이 있었다.

그게 장개산이 아는 전부였다.

하지만 지금 내실에 모인 사람들은 달랐다.

그들은 어려서부터 고대로부터 이어져 온 전쟁의 역사를 체계적으로 배웠고, 그로 말미암아 부차적으로 아는 것 또한 적지 않았다. 확실히 오대십국 시기에 지어진 성채에는 비밀통로를 만드는 경우가 적지 않았다.

"비밀통로는 성주를 제외하고는 아무도 찾을 수 없기에 비밀통로일세. 그걸 무슨 수로 동이 트기 전까지 찾는단 말인가?"

"상왕이 알고 있을지도 모릅니다."

"동이 트려면 일다경도 채 남지 않았네. 그 안에 상왕이 깨어나지 않는다면?"

"깨어나길 바라야지요."

"자네의 생각은 세 가지의 조건을 모두 충족해야 하는군. 첫째, 비밀통로가 있을 것. 둘째, 상왕이 비밀통로를 알 것. 셋째, 상왕이 일다경 안에 깨어날 것."

"그렇습니다."

비밀통로가 있을지 모른다는 말에 한순간 희망을 걸었던 사람들은 이정록의 냉철한 분석에 또다시 절망했다. 곰곰이 생각해 보니 너무나 실현 가능성이 낮지 않은가.

이정록은 신중한 사람이었다.

한동안 침묵이 흐른 후 그가 말했다.

"일다경만 기다리기로 하지."

"고맙습니다."

장개산은 포권을 쥐어 보이고는 자리에서 일어났다.

이어 바깥으로 나가려는데 이정록이 갑자기 불러 세웠다.

"잠깐."

"……?"

"단장애에서부터 시작해 간밤에 자네가 했던 일들에 관해 들었네. 비록 자네의 생각이 우리와 다를지라도 간밤에 보여주었던 호의에 대해서만큼은 목숨이 붙어 있는 한 잊지 않을 것이네. 이건 용두방주와 지금 이 자리에는 없지만 양각 노공께도 함께 드리는 말씀이외다."

양각노호는 두 다리를 가진 늙은 여우라는 뜻이다. 양각노호를 차마 늙은 여우라고 부를 수 없으니 한 글자를 고쳐 공(公)이라 부른 것이다.

말과 함께 이정록이 자리에서 일어나더니 장개산과 홍쌍표를 향해 정중한 포권지례를 올렸다. 내실에 모여 있던 다른 사람들도 모두 이정록을 따라 일어나 허리를 숙였다.

조금 전까지만 해도 홍쌍표와 드잡이질할 것처럼 굴던 위지룡도 이 순간만큼은 진심이 느껴졌다.

장개산과 홍쌍표는 섬서 무림인들을 향해 마주 포권을 지어 보였다. 어쩌면 이것이 서로에게 보이는 마지막 예의일 지도 모른다는 생각을 하면서.

第四章

자중지란(自中之亂)

　장개산은 내실을 나와 성안을 둘러보았다. 보도 위에는 함께 개활지를 돌파했던 섬서 무림의 젊은 후기지수들이 설강도의 지휘 아래 삼엄한 경계를 펼치고 있었다.

　남궁휘를 보살피러 갔던 백건악, 구양소문, 적인명도 어느새 바깥으로 나와 합류한 상태였다. 장개산이 걸어 나오자 설강도를 비롯한 네 사람이 곁으로 모여들었다.

　"남궁휘는 좀 어때?"

　장개산이 물었다.

　"위기는 넘겼다는걸. 하지만 내상을 치료하고 공력을 회복

하려면 한동안은 요상을 해야 할 거야. 지금은 소소가 곁에서 치료를 돕는 중이고."

설강도가 대답했다.

"다행이군."

"그보다 상왕이 사람들을 끌어들여 대망혈제회 놈들이랑 한판 붙으려다가 일이 이렇게 되었다는 게 사실이야?"

장개산은 눈을 동그랗게 떴다.

섬서 무림의 명숙들이야 금화선부의 사정에 대해 비교적 잘 아는데다 노강호의 경험이 있으니 그렇다고 쳐도, 설강도 가 어떻게 그걸 간파하고 있는 걸까? 눈치를 보아아니 백건 악, 구양소문, 적인명도 아는 내용인 듯했다.

"그걸 어떻게 알았어?"

"건악이의 예측이 맞았군."

그럼 그렇지.

설강도가 혼자서 그걸 다 추리했을 리 있나.

"안에서 있었던 일은 어떻게 됐나?"

백건악이 물었다.

"상왕이 있는 곳을 대라는군."

"놈들에게 던져줄 생각이겠지?"

"아마도."

"그래서 나온 결론은?"

"일다경 안에 금화선부를 빠져나갈 방법을 찾지 못하면 상왕을 넘기겠다고 하는군."

"네 생각은?"

"반대다."

"더 큰 싸움을 위한 안배겠지?"

가끔은 백건악이 무섭다는 생각이 든다.

전술에 관한 한 녀석은 모든 걸 꿰뚫고 있다. 그것도 한 치의 어긋남도 없이 정확하게. 다만 한 가지 아쉬운 건 상황을 지나치게 냉정하게 바라보는 나머지 녀석에게선 가끔씩 사람 냄새가 나지 않는다는 점이었다.

백건악은 무슨 생각을 하는지 갑자기 말문을 닫았다.

그러자 이번엔 설강도가 나섰다.

"네 판단이 틀렸다는 건 아니지만, 현재로선 나도 그들과 생각이 같다. 그 옛날 상왕은 강간마나 다름없는 자식의 복수를 위해 전 중원을 혈겁 속으로 몰아넣었다. 그것도 모자라 이번엔 천여 명에 이르는 사람을 그들은 알지도 못하는 사이에 제물로 삼았어. 그것도 성사여부조차 불투명한 단 한 번의 반격을 위해. 이건 인간이 할 짓이 아니야. 그런 사람을 살리겠다고 남은 오십여 명의 목숨을 걸자고? 그건 말이 안 되지. 안 그래?"

설강도가 말미에 구양소문을 힐끗 돌아보며 동의를 구했

다. 하지만 구양소문은 입맛을 다시며 애꿎은 턱만 벅벅 긁어 댔다.

"왜 대답이 없어?"

"뭐, 그렇지."

"뭐야? 그 말투는."

"아무리 나쁜 인간이라고는 하지만 참혹하게 죽임을 당할 걸 알면서도 적들에게 넘겨준다는 건 좀 그렇지 않아? 그것도 중상을 입고 의식조차 없는 사람을. 그럼 우리가 사마외도와 다를 게 뭐가 있어?"

"상왕이 한 짓을 몰라서 그래?"

"놈들이 상왕을 넘겨주는 조건으로 우리를 살려주겠다는 말을 하지 않았어도 그랬을까?"

"그게 뭐가 나빠? 어차피 죽어 마땅한 인간, 이 참에 다른 사람들을 살리고 가면 그것도 공덕이지."

"문제는 그게 상왕의 의지가 아니라 우리의 강제력에 의한 것이라는 데 있지. 한마디로 우리는 죽어 마땅하다는 이유로 상왕을 팔아서 목숨을 구걸하려는 거야. 난 그게 마음에 안 드는 거고. 차라리 이 자리에서 목을 벤다면 그건 대찬성이 야. 충분한 명분이 있으니까."

"그래서 상왕을 넘겨주지 말자고?"

"난 그냥 다수가 하자는 대로 하겠어."

"네가 제일 나쁜 놈이야. 다른 사람에게 판단을 떠넘겨서 마치 자신은 선택의 여지가 없었던 것처럼 양심의 가책을 면하려는 놈."

"인정."

구양소문이 두 손을 들어 버리자 설강도도 더는 괴롭힐 수가 없었다.

사실 설강도가 이렇게 화가 난 것은 놈들이 파놓은 함정에 빠지는 바람에 빙소소와 남궁휘가 하마터면 목숨을 잃을 뻔했기 때문이다. 그에게는 정도니 협의니 하는 것들보다 벗들의 목숨이 훨씬 중요했다.

"네 생각은 어때?"

장개산이 그때까지도 가타부타 평을 않는 백건악을 돌아보며 물었다. 설강도, 구양소문, 적인명의 시선이 덩달아 백건악을 향했다.

일체의 감정을 배제하고 오직 전술적 유불리로만 상황을 바라보는 백건악의 의견이야말로 어쩌면 지금 이 순간 사람들에게 가장 필요한 조언일지도 모른다.

"전술적인 측면에서 보자면 네 판단이 옳아. 앞으로 놈들을 상대로 치러야 할 싸움은 간밤의 전투와는 비교도 할 수 없을 만큼 길고 지루할 테니까. 그마저도 승리를 한다는 보장이 없고. 그런 면에서 볼 때 상왕은 엄청난 효용가치가 있어.

이건 좀 과장된 말인지 모르겠는데 어쩌면 오늘의 선택이 무림의 운명을 가를지도 몰라."

역시 백건악이었다.

그는 잠시 사이를 두었다가 다시 말을 이었다.

"하지만 쉽지 않을 거야. 섬서 무림인들은 간밤에 사형제들을 수십 명씩 잃었어. 아무리 수양이 깊은 사람도 이성적으로 생각하기가 쉽지 않지. 사실 저들의 입장에선 효용가치를 논하기 이전의 문제야. 게다가 상왕을 넘겨주는 것만이 현재로선 남은 오십여 명의 생존자를 살릴 수 있는 유일한 방편이고 보면."

"방법이 있다면?"

"혹시 성안에 비밀통로가 있을 거라고 생각하는 거야?"

"……?"

"역시 그랬군."

"없을까?"

"오직 상왕만이 알겠지."

"그래서 기다리는 거야. 동이 트기 전에 상왕이 깨어날지도 모르니까."

"난감한 상황이군. 상왕 때문에 죽을 뻔했는데 또 그의 손에 우리의 목숨이 달려 있다니."

"그렇군. 아직 아무것도 정해진 게 없으니 다들 위치를 고

수해 줘. 백건악은 놈들이 공격해 올 것에 대비해 수성전을
준비해 주고."

"그렇게 하지."

백건악을 필두로 흑풍조가 뿔뿔이 흩어졌다.

남궁휘는 백건악의 말은 언제나 옳다고 했다.

백건악은 전술적인 측면에서 보자면 상왕을 살리는 것이
맞다고 했다. 단지 전술적인 측면에서.

전술은 곧 유불리를 말하는 것이니 유불리를 따지지 않는
다면 상왕을 넘겨주는 것이 옳다는 말일까?

장개산은 씁쓸했다.

여기 있는 사람들 중 누구보다도 감정적인 사람이 있다면
바로 자신이다. 빙소화가 죽은 것에 격분해 북검맹을 뛰쳐나
와 지금까지 야신을 추격하고 있지 않은가.

지금 이 순간 섬서 무림인들이 겪고 있을 상실감을 누구보
다 잘 아는 자신이 상왕을 살려야 한다고 주장하는 것은 앞뒤
가 맞지 않았다.

그럼에도 불구하고 고집을 피우는 것은 더 큰 싸움을 위해
상황의 머릿속에 들어있는 것들이 필요하기도 하지만, 그보
다는 왠지 이건 아니라는 생각 때문이다.

상왕이 제아무리 천인공노할 짓을 저질렀다고 해도 그건
당사자들과 그가 풀어야 할 은원이다. 구양소문도 언급했다

시피 지금 당장 그를 끌어내 목을 치겠다면 말리지 않았을지
도 모른다.

하지만 적들에게 포위를 당한 상태에서 불구가 된 그를 던
져주고, 그 대가로 목숨을 구걸하는 것은 아무리 생각해도 인
간으로서 할 짓이 아니었다.

게다가 섬서 무림인들은 이미 삼십여 년 전에도 상왕의 사
적인 복수에 동원되어 억울한 일가족을 죽이려 하지 않았는
가.

바로 그 억울한 일가족이 지금 전 무림을 상대로 복수를 하
고 있다. 이 모든 일의 원인은 다른 누구도 아닌 그들 자신이
다.

그런 사람들이 이제 와서 제물 운운하는 것도 마음에 들지
않았다.

그들에겐 상왕을 단죄할 자격이 없다.

더구나 이토록 치졸한 방법으로는.

장개산은 천천히 고개를 꺾어 보도 위를 바라보았다.

흉벽에 가슴을 숨긴 채 삼엄한 경계를 펼치던 섬서 무림의
후기지수들이 이쪽을 바라보다 장개산과 눈이 마주치자 어색
한 듯 고개를 돌렸다.

그들은 장개산이 흑풍조와 나누는 대화를 모두 들었고, 상
황이 어떻게 돌아가는지 또한 알고 있었다.

"창월루에 갇힌 사람들은 하나같이 일문의 문주이거나, 비전의 무맥을 이은 전승자들일세. 이들이 죽으면 어떤 문파는 멸문지화를 당하고, 어떤 문파는 수백 년을 이어온 대가 끊어지게 될 게야. 자네의 생각에 희망을 걸기에는 저들의 목숨이 너무나 무겁지."

어느새 뒤따라 나온 홍쌍표가 말했다.

"제가 틀린 걸까요?"

"그거야 나도 모르지."

"속도 편하십니다."

"나야 언제나 그렇지. 자네도 느꼈겠지만 난 천성적으로 선량한 마음씨를 가지고 태어난 사람이라네. 그래서 그런지 내키는 대로 살아도 아직까진 남에게 크게 피해를 준 일이 없다네."

픽이나 그렇겠다. 멀쩡한 사람을 홀려서 은 팔십 냥이나 되는 거금을 홀라당 빼먹은 사람이 누군데.

장개산은 어이가 없었다. 하지만 다음에 이어지는 홍쌍표의 말은 예사롭지 않게 들렸다.

"가슴이 시키는 대로 하게. 잘 모르겠을 땐 그게 최고지."

장개산은 심사가 복잡했다.

강호에 나와 보니 흑백과 선악을 분명하게 구분 짓기 힘든 일이 너무나 많았다. 그럴 때면 언제나 장개산에겐 갈등을 종식시켜 주는 한 사람이 있었다.

'잘한 일이야. 상왕을 넘겨주었으면 사부님께서 분명 경을 치셨을 거야.'

그때 내실로 통하는 복도의 문이 벌컥 열리며 한 사람이 튀어나왔다. 이름은 알 수 없지만 앞서 창월루에 도착해 있던 중년인들 중 하나였다.

그는 사방을 바쁘게 둘러보더니 장개산과 나란히 서 있는 홍쌍표를 발견하고는 황급히 달려와서 말했다.

"방주님, 혹 사독(蛇毒)에 대해 조예가 있으십니까?"

"사독? 다른 독은 몰라도 뱀독이라면 조금 알지. 한데 그건 왜 묻는 겐가?"

"저의 사제가 아까부터 고열과 두통을 호소하기에 봤더니 발목 언저리에 선명한 이빨 자국이 있습니다. 아무래도 독사에 물린 듯한데 약을 구할 수가 없는 지라 당최 어떻게 손을 써야 할지 모르겠습니다. 염치없지만 한번 봐주시겠습니까?"

"사방이 전장인데 어디에 뱀이 있었을꼬. 앞장서게!"

두 사람이 쌩하니 사라졌다.

시간은 흘러 어느새 동쪽 하늘이 조금씩 밝아 오고 있었다. 이제 동이 트기까지는 일각도 채 남지 않았다. 하지만 상왕의 곁을 지키고 있는 양각노호로부터는 여태 소식이 없었다.

그때 몇 사람이 내실로 연결된 복도 문을 열고 모습을 드러냈다. 철산검문의 이정, 청검문의 사공찬 등을 비롯한 내실 회의에 참석한 후기지수 몇 명이었다. 그들 중에는 이화문의 조연려도 있었다.

"장 대협, 노 선배들께서 잠시 보자십니다."

이정이 말했다.

"우리도 함께 가겠습니다."

성벽을 따라 난 보도 위에서 백건악이 말했다.

"노 선배들께선 장 대협만 보자고 하셨습니다."

"어찌하여……?"

"저는 다만 말씀을 전할 뿐입니다. 연려, 장 대협을 모셔라."

이정은 말문을 막아버린 채 조연려에게 명령했다.

조연려는 어딘지 모르게 딱딱하게 군은 얼굴로 뒤돌아서더니 조금 전 사람들이 나왔던 문으로 다시 들어갔다.

장개산이 그녀의 뒤를 따랐다.

두 사람이 사라지자 사공찬이 내실로 통하는 문을 닫았다. 그러곤 사람들과 함께 문 앞에 버티고 섰다. 이정이 보도 위에서 섰서 무림의 후기지수들을 이끌고 경계를 펼치는 포계혁을 향해 말했다.

"포계혁, 사람들을 이끌고 이리로 와라."

"예?"

"어서!"

인원을 보강해도 모자랄 판에 경계를 허물고 아래로 내려오라는 게 무슨 말인가. 하지만 이정의 엄중한 호통이 터지자 포계혁은 사람들과 함께 멋쩍게 내려올 수밖에 없었다. 잠시 후 내실로 통하는 문 앞에는 삼십여 명을 헤아리는 사람이 버티고 서게 됐다.

그때였다.

이정을 필두로 삼십여 명이 일제히 시퍼런 병장기를 뽑아 들었다. 한데 그 모습이 어쩐지 아직도 보도 위에 있는 백건악, 설강도, 구양소문, 적인명을 상대로 대치하는 것처럼 보였다. 확실했다.

"이게 지금 뭐하자는 수작들이야?"

설강도가 대여섯 장 아래의 공터로 훌쩍 뛰어내리며 소리를 질렀다. 뒤를 이어 구양소문, 백건악, 적인명도 보도를 내려와 어깨를 나란히 하고 섰다.

이정을 비롯한 삼십여 명이 버티고 선 문은 성안에 있는 여러 내실로 들어가는 유일한 문이었다. 저 문을 지키고 서겠다는 것은 사람들의 출입을 막겠다는 뜻이다.

"백 공자, 모두 병기를 버리라고 말해주시오."

이정이 단호한 음성으로 말했다.

그 말이 오히려 사람들의 가슴에 불을 질렀다.

불과 반 시진 전만 해도 서로의 등을 맡기며 개활지를 돌파하던 사람들이 눈 깜짝할 사이에 적으로 돌변해 병기를 겨누는데 화가 나지 않을 리 있나.

"이런 개 같은 경우를 봤나. 목숨을 걸고 함께 싸워주었더니 우리에게 칼을 겨눠? 강호의 도의가 아무리 땅에 떨어졌다고 해도 세상에 이런 법은 없지. 다들 부끄러운 줄 아시오!"

설강도가 욕을 한 바가지나 퍼부었다.

그 역시 섬서 무림인들과 생각이 같았지만, 자신들과 싸움을 불사하면서까지 상왕을 넘겨주려 하자 배알이 뒤틀렸다.

"언제나 자신들의 이익대로만 움직이는군. 이런 사람들을 위해 지금까지 목숨을 걸고 싸웠다니. 누굴 탓하겠어. 사람을 알아보지 못한 우리가 병신이지!"

구양소문이 덧붙였다.

백건악과 적인명도 표정이 일그러지기는 매한가지였다. 섬서 무림인들이 순순히 장개산의 생각에 따르지 않을 거라는 건 짐작했지만 이렇게까지 무리수를 둘 줄은 몰랐다.

"사람들을 일부러 분산시켰군."

백건악이 말했다.

설강도, 구양소문, 적인명은 망치로 뒤통수를 맞은 것 같았다. 누군가 와서 뱀에 물렸다며 용두방주를 모셔갈 때 뭔가 이상하다고 생각했었는데, 일이 이렇게 되고 보니 그게 다 사람들을 떨어뜨려 놓기 위한 수작이었던 것이다.

처음엔 용두방주, 다음엔 장개산, 이제 이곳 공터에 남은 것은 네 사람이 전부였다. 제아무리 명성을 떨치는 흑풍조라고는 하나 겨우 넷이서 삼십여 명이나 되는 후기지수를 감당할 수는 없었다.

동이 틀 때까지 기다리기로 해놓고 왜 갑자기 이런 결정을 내렸을까?

동이 틀 때까지 상왕이 깨어나지 않을 거라고 보았기 때문이다. 만에 하나 그 전에 상왕이 죽어버리기라도 한다면 그나마 있던 협상의 기회마저 사라진다.

결국 섬서 무림인들은 처음부터 상왕을 넘겨줄 생각이었다. 일다경을 기다리겠다는 핑계로 장개산과 홍쌍표를 내보낸 것은 사람들을 분산시키기 위한 기만술이었을 뿐. 백건악은 한 치 앞을 보지 못한 자신이 너무나 한심스러웠다.

"이렇게까지 해야겠소?"

백건악이 물었다.

그의 목소리는 너무나 차가워 흡사 최후의 통첩을 하는 것처럼 비정해 보였다. 반면 이정은 오히려 모든 걸 내려놓은 듯 텅 빈 표정으로 말했다.

"단장애에서 일이 생각나는 군요. 새롭게 탄생하게 될 섬

서 무림맹과 북검맹이 충돌을 한다면 어떻게 하겠느냐는 벽
사룡의 말에 남궁휘 공자가 했던 말을 기억하십니까?"

그때 남궁휘는 맹도로서 북검맹의 명령을 따르겠다고 했
었다. 그 명령이 불의를 행하는 것이어도 따르겠느냐는 벽사
룡의 물음에 남궁휘는 이렇게 대답했다.

"남자는 약관(弱冠)에 갓을 쓰고 이립(而立)에 기초를 세우며
불혹(不惑)이 되어서야 비로소 흔들리지 않고 세상을 바로 볼 수
있다고 했습니다. 저의 짧은 경험으로 판단하고 결정을 내리기엔
강호의 일은 너무나 복잡하고 다층적이더군요. 하지만 맹주님과
성라원이라면 분명히 올바른 판단을 내리실 겁니다. 비록 그게 어
느 한 쪽의 입장에선 받아들일 수 없을지라도 결국엔 모두를 위한
일이라고 믿습니다."

이정 역시 섬서 무림의 후기지수로서 노선배들의 말을 따
르겠다는 뜻이다. 결국은 그것이 모두를 위한 길임을 믿기에.
이것으로 이정은 자신과 섬서 무림 후기지수들의 생각을 분
명히 밝혔다.

구양소문과 적인명이 고개를 돌려 백건악을 돌아보았다.
이제는 싸우든지 물러나든지 양단간에 결정을 내려야 하지
않겠냐는 뜻이다. 남궁휘의 부재 시엔 언제나 백건악이 흑풍

조를 이끌었다. 그의 결정은 곧 조장의 결정이었다.

백건악은 난감하기 짝이 없다.

이 문제에 관한한 설강도는 섬서 무림인들과 생각이 같았다. 구양소문은 반대하지만 굳이 상왕을 넘겨주겠다면 따르겠다는 입장이었고, 백건악은 장차 대망혈제회와의 무림대전을 고려했을 때 상왕은 엄청난 효용가치가 있다고 판단했다.

하지만 모두가 속으로는 똑같은 생각을 한 것이 한 가지 있었으니 그건 섬서 무림의 노강호들이 모든 걸 흔드는 상황으로 치달으면 위험하다는 것이었다.

이는 장개산이 아니라 그들에게 목숨을 걸어야 한다는 걸 의미했다. 그건 원치 않았다. 그들은 이미 여러 번의 실패를 한 사람들, 생존에 관한 문제라면 아무리 생각해도 그들보다는 장개산의 타고난 후각을 믿는 편이 나았다.

언제나 제멋대로에다 머리보다는 가슴이 시키는 대로 하는 녀석이었지만 생존에 관한 감각만큼은 최고이지 않았던가. 이상하게도 녀석만 따라다니면 세상의 고생이란 고생은 죄다 사서 하면서도 반드시 살아남았다. 향주에서도 그랬고, 이곳에서도 그랬다.

게다가 백건악은 장개산이 말한 비밀통로에 한 가닥 희망을 걸었다. 비밀통로가 정말로 존재한다면 상왕을 넘겨주는 것은 엄청난 고난을 자초하는 것이었다. 금화선부를 빠져나간다 해도 살아남는다는 보장 또한 없다.

그러나, 그럼에도 불구하고 백건악은 공격 명령을 내릴 수가 없었다. 그 어떤 전술이나 유불리에 대한 논리로도 합리화시킬 수 없는 단 한 가지 이유, 저들의 분노를 공감하기 때문이었다.

상황을 언제나 전술적으로만 바라보는 나머지 냉혈한이라는 소리까지 듣는 백건악이었지만 이번만큼은 인간일 수밖에 없었다. 자신들을 바라보는 이정, 사공찬, 조연려의 표정은 그토록 절실했다.

"검을 버리……."

하지만 때로는 한 사람의 돌발적인 행동이 사태를 뒤집어 버리기도 한다. 바로 지금처럼.

"돌격!"

설강도가 고함을 지르며 뛰쳐나갔다.

장개산의 앞에서는 상왕을 넘겨주자고 핏대를 세우던 녀석이 이제는 섬서 무림인들과 일전을 치르려고 한다. 정말 모순적인 녀석이지 않은가.

장개산 때문이다.

왜 이렇게 되었는지 모르지만 언제부턴가 녀석에겐 장개산이 모든 선택의 기준이 되어 버린 것 같았다. 녀석은 지금 장개산이 잡혀갔다고 생각했다.

깡! 깡! 깡!

이정이 튀어나와 설강도를 상대로 순식간에 삼합을 겨루었다. 사공찬과 포계혁이 뒤를 이어 뛰어들려는 순간 이정이 외쳤다.

"모두 멈춰!"

사공찬과 포계혁이 그 자리에서 우뚝 멈췄다.

백건악은 이정이 마지막 순간까지 확전을 막으려 한다는 걸 알았다. 때마침 튀어 나가려는 구양소문과 적인명을 향해 백건악이 서둘러 말했다.

"기다려!"

구양소문과 적인명도 튀어 나가려다 말고 그 자리에 우뚝 멈춰 섰다. 그 바람에 장내에는 이정과 설강도만 둘이서 죽으라고 검을 부딪쳤다. 설강도는 창랑육기 중 가장 빠른 쾌검을 구사하는 고수였다. 하지만 한 팔을 못 쓰게 된 상황에서는 이정의 상대가 될 수 없었다.

설강도는 제대로 된 공격 한번 해보지 못하고 일방적으로 밀렸다. 급기야 혼전 중에도 뒤를 돌아보며 빽 소리를 질렀다.

"뭣들 하는 거야!"

하지만 백건악은 꿈쩍도 하지 않았다.

장개산이 걱정되기는 하지만, 녀석은 언제나 그렇듯 잘해

낼 것이다. 북검맹도 감당하지 못한 녀석을 한 줌도 안 되는 섬서 무림인들이 어떻게 감당할 것인가.

'조금만 더 기다리자. 조금만.'

*　　　*　　　*

창월루는 백여 평의 정도의 땅에 석벽돌을 높다랗게 쌓아 올린 성채다. 덕분에 복도는 좁고 내실은 삼 층에 걸쳐 복잡하게 분산되어 있었다.

장개산은 조연려를 따라 복도를 걸었다.

앞장서서 걷던 조연려가 등을 보인 채 말했다.

"빙소화라는 여자… 어떤 분이었어요?"

"……?"

"설강도 공자께 들었어요. 장 대협께서 마음을 주었던 흑도의 여자가 있는데 그녀의 이름이 빙소화라고. 야신이 그녀를 죽이는 바람에 북검맹을 뛰쳐나와 일 년째 복수행을 하는 중이라고요."

"……!"

"제가 아픈 곳을 건드린 건가요?"

"그녀의 죽음이 동기가 된 것은 맞지만 북검맹을 나온 것은 좀 더 복잡한 문제요."

"후회하지 않나요? 다시 금화선부로 들어오지 않았다면 지금처럼 갇히지도 않았을 테고, 그러면 대협의 복수행에 차질이 생기지 않았을 지도 모르잖아요."

"아직 끝난 게 아니오."

"우린 살아서 나갈 수 있을까요?"

"나도 모르겠소."

그때쯤 회의를 했던 내실이 나타났다.

문 앞에 이르자 조연려가 걸음을 멈추고 뒤돌아섰다.

"저는 꼭 살아서 나가고 싶어요. 그래야 복수할 기회라도 있을 테니까."

장개산은 잠시 조연려를 바라본 다음 문을 열고 들어갔다. 저만치 대황촉의 불빛이 일렁거린다 싶은 순간 날카로운 파공성과 함께 차디찬 질감이 느껴졌다.

턱밑에 검 한 자루를 붙인 것이다.

그야말로 섬광과도 같은 솜씨.

"두 손을 앞으로 내밀게."

나직한 음성과 함께 검을 겨눈 사람이 어둠 속에서 모습을 드러냈다. 청검문주 사통후였다. 철산검문주 이정록과 쌍벽을 이루는 섬서성 최강의 검사.

검이 턱밑에 붙은 데야 장개산도 어쩔 도리가 없었다.

조용히 두 손을 뻗자 조연려가 다가와 장개산의 등에서 참마검을 잡았다. 오 척에 달하는 장검이 스르릉 소리를 내며 한참이나 뽑혔다.

참마검을 품에 안은 조연려는 몇 걸음을 물러내 벽을 등지고 섰다. 고개를 떨구는 그녀의 모습은 뭐라 말할 수 없이 참담해 보였다.

그 사이 위지룡이 다가와서 장개산의 양팔을 밧줄로 친친 묶기 시작했다. 내실의 안쪽에는 홍쌍표가 역시나 손발을 꽁꽁 묶인 채 바닥에 널브러져 있었다.

장개산과 똑같은 방식으로 당한 모양, 그는 두 다리를 이리저리 흔들어 벌레처럼 몸을 움직이더니 장개산을 바라보며 혀를 끌끌 찼다.

"쯧쯧쯧. 저렇게 눈치가 없어서야 원."

"방주님께서 제게 하실 말씀은 아닌 것 같습니다만."

"갑자기 검을 들이대는데 그럼 어떡해."

"저도 그렇습니다."

"새까만 애들 앞에서 이게 무슨 꼴이람. 에잉."

홍쌍표는 지금의 상황이 못마땅해 죽겠는지 다시 다리를 흔들어 휙 돌아누워 버렸다.

그 사이 위지룡은 장개산을 홍쌍표의 몇 배나 되는 밧줄로 꽁꽁 묶어 버렸다. 장개산이 옴짝달싹할 수 없게 되었음을 거듭 확인한 사통후가 그제야 턱밑에서 검을 거두었다.

"결례가 많았네."

"그러게 말입니다."

대답이 끝나기 무섭게 위지룡이 장개산의 발을 걸었다.

육 척에 달하는 몸이 한 순간 허공에 붕 뜬다 싶더니 느닷없이 바닥에 내팽개쳐졌다. 위지룡은 그 상태에서 장개산을 질질 끌어다 홍쌍표의 옆에 놓아두고는 양손을 탈탈 털었다.

"생각보다 간단하군."

"그들은 적이 아니오. 예를 갖추시오."

사통후가 위지룡을 향해 나직하게 한마디 했다.

개산일문이 섬서 무림을 대표하는 문파로 거론되기 시작한 것은 불과 이십 년이 채 되질 않았다. 그에 반해 철산검문이나 청검문은 수백 년을 이어온 검도 명문, 자연히 실력으로나 명성으로나 위지룡은 사통후에 비할 바가 아니었다.

위지룡은 뭔가 하고 싶은 말이 목구멍까지 올라왔지만 꿀떡 삼킨 후 조용히 물러났다.

내실에 있는 사람들은 위지룡, 사통후를 비롯해 모두 일곱이었다. 조연려를 제외하고는 하나같이 섬서 무림의 명숙이라 불리는 노고수들이었다.

심지어 장개산의 말에 힘을 실어주던 은하검문주 임당령도 있었다. 임당령은 지금의 상황이 못내 불편한 듯 조용히 눈을 감아버렸다.

장개산이 이정록을 향해 말했다.

"철산검문주의 한마디가 이렇게 가벼운 것인 줄 몰랐습니다."

"아무렴 오십여 명의 목숨보다야 무겁겠는가?"

"더 많은 사람들의 목숨이 달린 일일 수도 있습니다."

"거듭 말하거니와 불확실한 일에 오십여 명의 목숨과 섬서 무림의 운명을 걸 수는 없네."

그때였다.

갑자기 문이 벌컥 열리면서 들것을 든 사람들과 함께 위지 약이 들어왔다. 상의를 벗어 소매 속으로 기다란 막대기 두 개를 찔러 넣어 대충 만든 들것에는 상왕이 죽은 듯이 누워 있었다.

결국 상왕을 찾아낸 것이다.

잠시 후 들것이 바닥에 놓이자 사람들은 놀란 표정을 감추지 못했다. 불에 그슬린 상황의 상태가 생각보다 심각한 탓이었다.

"고생했네."

사통후가 난감한 표정을 짓고 있는 임당령을 대신해 위지 약에게 말했다. 한데 위지약은 마치 대역죄라도 지은 사람처럼 망연자실한 표정이었다.

"왜 그러시는가?"

사통후가 다시 물었다.

"그는 이미 죽었습니다."

"뭣!"

임당령이 눈을 번쩍 떴다.

이정록, 사통후, 위지룡, 장개산, 홍쌍표는 물론이거니와 내실 안에 있던 모든 사람들은 충격에 휩싸였다. 상왕을 어떻게 활용하느냐에 작게는 오십여 명의 목숨이, 크게는 중원무림의 운명이 달려 있을지도 모르는 상황에서 갑자기 그가 죽어 버렸다니.

"너 이 녀석, 대체 무얼 하고 있었던 게냐!"

홍쌍표가 포박을 당한 와중에도 위지약과 함께 온 사람들 틈에서 화중악을 발견하고 쏘아붙였다. 앞서 그는 화중악에게 상왕을 숨겨둔 방문 앞을 지키다가 깨어나는 기미가 보이면 즉시 알리라고 명령을 내렸었다.

그리고 방 안에는 양각노호가 있었다.

양각노호는 어찌하여 상왕이 죽도록 가만히 내버려 두었으며, 화중악은 여태까지 아무런 소식을 전해주지 않은 것인가. 그보다 양각노호는 어디로 내뺐기에 일이 이 지경이 되도록 코빼기도 않는 걸까.

"그게……."

화중악은 선뜻 말을 하지 못하고 사람들의 눈치만 살폈다.

홍쌍표가 귀청이 떨어져라 호통을 내질렀다.

"냉큼 사실대로 말하지 못할까!"

"저 때문이에요."

위지약이 말했다.

홍쌍표가 움찔 놀라며 한순간 할 말을 잃었다.

생각 같아선 무섭게 다그치고 싶지만 남의 제자를 함부로 대할 수 있나. 혀로 애꿎은 입술만 핥는 사이 임당령이 나직하게 물었다.

"어떻게 된 일이더냐?"

위지약은 자신에게 쏟아진 사람들의 시선이 무거운 듯 한동안 고개를 떨구었다가 차분하게 설명을 해나갔다.

위지약이 사람들을 이끌고 상왕이 숨어 있는 곳을 발견한 것은 불과 반각이 되질 않았다.

위지약과 후기지수들의 기세에 놀란 화중악은 순순히 물러났고, 위지약은 사람들과 함께 방문을 박차고 들어갔다.

예상대로 방안엔 상왕이 누워 있었고, 위지약은 사람들과 함께 상왕을 들것에 옮겨 싣고는 재빠르게 이곳을 향해 달렸다.

한데 중간쯤에 이르러 상왕이 미약하게나마 의식을 차리는 게 아닌가. 위지약은 급한 마음에 일단 들것을 내려놓고는 바깥으로 향하는 비밀통로가 있는지 물었다.

한데 상왕은 외려 시간이 얼마나 흘렀느냐고 되물었다.

위지약은 곧 동이 터오를 것이라고 했다.

그러자 상왕이 이번엔 '왜 놈들이 공격을 하지 않는 거지?'라고 물었고, 위지약은 동이 틀 때까지는 공격을 하지 않을 것이라고 대답했다. 상왕은 다시 위지약에게 자신이 살아 있다는 걸 적들이 아느냐고 물었고, 위지약은 그렇다고 대답했다.

암투와 귀계가 난무하는 상계를 통일한 거인답게 상왕은 노련했다. 그는 단번에 상황을 파악하고는 광소를 터뜨리더니 차라리 불에 타죽을지언정 그 연놈들의 손에는 절대 죽지 않겠다며 혀를 깨물고 자결을 시도했다.

"재빨리 재갈을 물리고 응급처치를 하려 했습니다만, 이미 심신이 쇠약할 대로 쇠약한 터라 곧 숨이 끊어지고 말았습니다."

"저런 망할 놈의 늙은이 같으니라고!"

위지룡이 발끈했다.

사람들은 누가 먼저랄 것도 없이 치밀어 오르는 분노를 느꼈다. 상왕은 위지약과 몇 마디 대화를 나누는 것만으로도 사람들이 구명을 위해 자신을 벽사룡과 청화부인에게 넘겨주려 한다는 걸 간파했다.

그걸 알면서도 자결을 택함으로써 사람들로 하여금 끝까

지 놈들과 싸울 수밖에 없도록 만든 것이다.

정말 지독하게 이기적인 인간이 아닌가.

장개산은 침잠한 표정으로 위지약을 바라보았다.

그녀도 내심 창월루에 갇힌 사람들이 상왕을 넘겨주는 문제로 대립하고 갈등하는 것이 내내 불편했던 모양이다.

그런 차에 상왕이 깨어나자 사람들의 갈등을 종식시킬 수 있을지도 모른다는 한 가닥 희망을 품고 물어 본 것이리라.

한데 상왕은 그녀에게, 그리고 사람들에게 더 깊은 절망을 안기고 죽어 버렸다.

사람들에게 상왕이 마지막 희망이었다면 장개산에게는 비밀통로가 그것이었다. 한데 비밀통로가 존재한다고 가정했을 경우, 그걸 알 수 있는 유일한 사람이 죽어 버렸으니 이제는 죽으나 사나 싸우는 수밖에 없었다.

"네가 지금 무슨 짓을 했는지 아느냐!"

임당령이 진노해 소리쳤다.

그 어떤 위급한 순간에도 평정심을 잃지 않던 그녀였기에 이런 모습은 낯설기 짝이 없었다. 그럼에도 불구하고 누구 하나 놀라거나 당황하는 사람이 없었다. 상왕의 죽음이 몰고 올 여파가 그만큼 큰 탓이다.

"어떤 벌이든 달게 받겠습니다."

위지약이 참담한 표정으로 답했다.

"한순간 너의 치기로 말미암아 오십여 명이 목숨을 잃게 생겼다. 너는 여기에 합당한 벌이 무엇이라고 생각하느냐!"

"죄송… 합니다."

"그만하시지요."

사통후가 나직한 음성으로 임당령을 만류했다.

"간단히 넘길 일이 아닙니다."

"애초 상왕을 넘겨주려 한 건 동이 터오르기 전에 그가 죽을 거라고 보았기 때문입니다. 한데 깨어났으니 비밀통로의 존재를 물어보는 건 당연하지요. 제자의 잘못이 아닙니다. 너희는 용두방주와 장개산의 포박을 풀어주거라."

사통후가 말미에 후기지수들을 돌아보며 말했다.

장개산과 홍쌍표를 포박한 것은 상왕을 넘겨주기 위해서였다. 한데 상왕을 죽여 버렸으니 더는 두 사람을 묶어둘 이유 또한 없었다.

들것을 들고 왔던 몇몇 후기지수들이 장개산과 홍쌍표에게 다가가 포박을 풀어주었다.

행여 돌발상황이라도 일어날까 장개산으로부터 멀리 떨어져 있던 조연려가 다가와 참마검을 건네주었다.

홍쌍표 역시 누군가로부터 청려장을 건네받았다.

사람들은 그 광경을 망연자실한 표정으로 지켜보고만 있었다.

한편, 홍쌍표는 무언가 이상한 생각이 들었다.

　상왕을 데려오는 과정을 설명하는 동안 위지약은 양각노호에 대해 한 번도 언급을 하지 않았다. 그 말은 곧 방 안에 양각노가 없었다는 말이다. 상왕의 곁을 지키며 그를 다시 깨울 수 있는 방법을 찾아보라고 장개산이 그렇게 신신당부했거늘 어떻게 된 걸까?

　'대체 어디로 내뺀 거지?'

　"우리 둘 다 실패했군."

　이정록이 장개산을 보며 말했다.

　"그렇군요."

　"이제 죽으나 싸우는 수밖에 없는 것 같네만."

　"다시 동료가 된 겁니까?"

　"자네가 우리의 적이었던 적은 한 번도 없었네."

　"이제 어쩌실 겁니까?"

　"우리를 이끌어 주겠나?"

　"왜 제게……?"

　"놈들이 가장 두려워하는 사람이 자네이니까."

　"……!"

　장개산은 굳은 표정이 되어 주변을 돌아보았다.

　사통후, 위지룡, 임당령을 비롯한 십여 명이 잔뜩 긴장한 얼굴로 자신을 응시하고 있었다. 마지막에 이르러 홍쌍표가 장개산을 향해 천천히 고개를 끄덕여 주었다. 승낙을 하라는 뜻이다.

그때였다.

바깥에서 무언가 터지고 깨지는 것처럼 퍽퍽 소리가 요란하게 울리는가 싶더니 누군가 문을 박차고 들어왔다. 바깥 공터에서 성벽을 지키고 있던 포계혁이었다. 그가 내실에 모여 있는 사람들 전체를 향해 다급한 목소리로 외쳤다.

"놈들이 공격을 시작했습니다!"

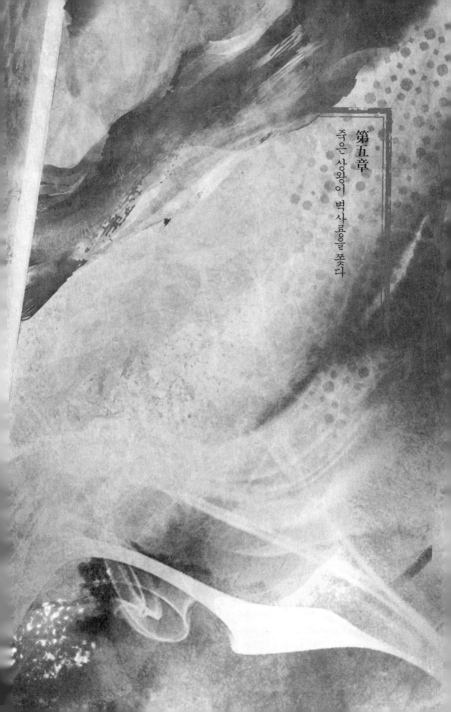

第五章

죽은 사왕이 벽사룡을 쫓다

바깥은 아수라장이 따로 없었다.

저 멀리 동이 터오는 가운데 사람 머리통만 한 항아리가 셀 수도 없이 날아와 성안 곳곳에 퍽퍽 부딪혀 깨지는 중이었다.

흑풍조와 이정이 이끄는 섬서 무림의 후기지수들은 성안으로 날아드는 항아리들이 깨지지 않도록 하나라도 더 받아내기 위해 동분서주하고 있었다.

하지만 날아드는 항아리들은 너무나 많았고, 또 공터로만 떨어지는 것이 아니었다. 그들의 행동은 화선지에 떨어지는 빗방울을 받아내는 것처럼 부질없어 보였다.

깨진 항아리로부터는 맑고 투명한 액체가 줄줄 흘러내리고 있었는데, 향긋한 냄새가 코를 찌를 정도로 진하게 났다.

"어유(魚油)……!"

홍쌍표의 입에서 나직한 신음이 흘러나왔다.

금화선부에서는 오래전부터 모든 음식을 만들 때 귀한 어유를 썼다. 일반적으로 음식에 사용하는 돼지기름에 비해 값은 열 배 이상 비싸지만 대신 향이 좋고 사람의 피를 맑게 한다는 이유에서였다.

바로 그 어유를 항아리에 담아 던지는 것이다.

이미 깨져 뒹구는 항아리만도 수백 개, 금화선부의 살림규모를 생각하면 앞으로 더 얼마나 많은 어유 항아리가 날아들지 모른다.

어유의 또 다른 성질 중 하나는 발화점이 낮다는 것이다.

놈들은 성을 통째로 불태워 버릴 작정이었다.

제아무리 석벽돌로 쌓았다고는 하나 성 전체가 불기둥에 휩싸이면 천하의 그 어떤 고수라도 화기를 감당할 수 없다. 항전이고 뭐고 불지옥에 갇혀 산채로 화장을 당하지 않으려면 뛰쳐나가야 하고, 그땐 이천여 명에 달하는 적이 새까맣게 달려들어 도륙하리라.

"빌어먹을!"

홍쌍표가 탄식을 쏟아냈다.

누구 하나 뾰족한 방법을 내놓지 못한 채 곳곳에서 사람들이 웅성거리기 시작했다. 그때 이정록이 장개산을 향해 물었다.

"어서 명령을 내려주시게."

보도 위에는 사람들이 성벽을 기어오르는 적들에게 던지기 위해 틈틈이 날라다 놓은 석벽돌이 가득 쌓여 있었다. 하지만 놈들은 성벽을 기어오르기는커녕 멀리서 기름 항아리를 던져댄다. 이런 상황에서 무슨 작전이 있을 것이며, 어떻게 명령을 내릴 것인가.

"어유를 담은 항아리가 떨어지면 불화살이 날아들 걸세. 그땐 어떤 대책도 무용지물이 될 것이네. 놈들과 항전할 수 있는 기회는 지금뿐이네. 어서 명령을 내려주시게!"

이정록이 거듭 외쳤다.

"방법이 생각나질 않습니다."

"나도 알고 있네."

"……!"

"아직도 모르겠나? 자네가 사십여 명의 후기지수를 이끌고 적들로 가득한 개활지를 돌파한 이후 사람들은 자네에게서 경외감을 느끼고 있네. 자네가 명령을 내리면 사람들은 끝까지 포기하지 않을 걸세. 사람들에게 희망을 주게. 부상당한 사십여 명의 후기지수를 이끌고 개활지를 돌파한 것처럼."

모두의 시선이 장개산을 입을 바라보고 있었다.

더는 지체할 시간이 없었다.

그때였다.

"다들 항아리가 깨지지 않도록 받아내십시오. 외벽에 부딪히는 것들은 놔두시고, 공터와 보도 위로 떨어지는 것만 모두 받아내십시오. 흑풍조는 공터에 떨어진 기름을 흙으로 덮어라. 위 소저와 조 소저께서는 안으로 들어가 부상자들을 이끌고 공터로 집결시키십시오."

성안으로 날아드는 모든 항아리들을 다 받아낼 수는 없다. 하지만 한 지점만을 골라 받아내는 건 가능했다. 장개산은 적들의 공격으로부터 항전할 수 있도록 공터와 보도 위에 불길이 번지는 것을 막으려 했다. 안에 있는 부상자들을 공터에 집결시키라는 것도 그 때문이었다.

장개산의 의중을 알아차린 사람들은 비호처럼 움직였다.

그 순간, 성벽 너머 하늘에 새까만 빗금이 만들어지는가 싶더니 불화살이 소나기처럼 날아들기 시작했다.

투투투투투툭!

화살은 단 한 발도 꽂히지 않았다.

대신 불길을 일으켰다. 성채의 벽 곳곳에 불이 붙기 시작했다. 이삼 층의 창문을 뚫고 들어간 화살은 내실에 가득히 퍼진 어유에 불을 붙였다. 미처 기름을 치우지 못한 공터에도 불이 붙고, 보도 위에도 불이 붙었다.

하지만 사람들은 장개산의 명령에 따라 침착하게 움직였다. 일단 내성은 포기했다. 오직 공터와 흙벽이 있는 보도를 사수하기 위해 닥치는 대로 불을 껐다.

아직 불이 옮겨붙지 않은 기름은 땅을 파서 덮었다. 재물이 주체를 못할 정도로 넘쳐나는 금화선부에서 공터에 청석을 깔지 않은 것이 천운이라면 천운이었다.

놈들은 영리했다.

한바탕 불화살을 쏘더니 이번엔 또다시 기름 항아리들을 던지기 시작했다. 아직 불씨가 꺼지지 않은 화살 위로 기름 항아리가 깨지면서 순식간에 두 배가 넘는 불구덩이들이 생겨났다.

그때쯤 위지약과 조연려가 부상자들을 이끌고 공터로 나왔다. 내실로 연결된 복도 쪽에서는 벌써 연기가 자욱하게 뿜어져 나오고 있었다. 조금만 지체했어도 부상자들을 구하러 갈 기회조차 없었으리라.

죽음이 목전에 닥치자 부상자들도 나섰다.

다리가 붙어 있고, 손을 움직일 수 있는 자들은 너 나 할 것 없이 공터 여기저기를 뛰어다니며 아직 꺼지지 않은 불화살을 밟아 문질렀다.

장개산은 참담한 마음을 감출 수가 없었다.

최선을 다해 불을 끄고 기름을 없애 보지만 엄청난 양으로 날아드는 화살과 항아리 앞에서는 속수무책이었다. 이대로 가다간 필패다. 생존자들은 일다경을 넘기지 못하고 불에 타 죽을 것이며, 놈들은 손 하나 까딱하지 않은 채 오직 화공만으로 승전을 취하리라.

공터와 보도를 사수하는 건 급한 대로 시간을 벌기 위한 수단일 뿐, 뭔가 확실한 방법을 찾아내야 했다.

그때였다.

성벽과 이어지는 공터의 서쪽 모퉁이로부터 기괴한 모습을 한 사람이 튀어나왔다. 파르라니 깎은 머리카락에 비정상적으로 긴 팔다리를 가진 오척단구의 괴노인이었다.

낯선 인물의 등장에 사람들이 일제히 병장기를 꼬나쥐고 괴노인을 향해 달려갔다. 혼란한 와중에 대망혈제회의 인물이 성벽을 넘어 침투해 온 걸로 생각했기 때문이었다. 기괴한 용모가 사공을 익힌 사마외도로 오인받기에 딱 알맞았다.

하지만 그는 적이 아니었다.

"다들 멈추십시오!"

장개산이 일갈을 내질렀다.

괴노인은 다름 아닌 양각노호였다.

양각노호는 사람들을 헤집고 재빨리 장개산에게 달려왔다. 사람들에게 소개를 할 시간도 없었다. 이런저런 설명을 할 겨를 또한 없었다. 장개산은 다짜고짜 물었다.

"뭔가 발견한 게 있으십니까?"

"설마, 내가 무얼 하고 왔는지 안단 말인가?"

"갑자기 사라지셨다기에 혹시나 하고 기대를 했습니다. 원래 그 방면에 전문가이지 않습니까. 게다가 혼자 도망가실 분도 아니고요."

"운이 좋았네."

"그 말씀은?"

"이상한 동혈을 하나 발견했네. 지하 일 층에서 앞 쪽의 개활지를 향해 수평으로 뚫려 있었는데, 혹시나 해서 들어가 봤더니 개활지를 가로질러 동북쪽으로 향하더군."

이정록을 비롯해 분주하게 움직이던 사람들의 표정이 딱딱하게 굳었다. 두 사람이 나누는 대화로 미루어 보아 양각노호로 짐작되는 저 노인이 장개산이 말한 비밀통로를 발견한 모양이었다.

마음만 먹으면 천하에 훔치지 못할 것이 없는 대도라더니 과연 대단하지 않은가.

"끝까지 가보셨습니까?"

"물론이지. 그래서 이렇게 늦은 것이네."

"어디까지 뚫려 있었습니까?"

"놀라지 마시게. 동혈은 운대산 기슭까지 뚫려 있었네. 게

다가 출구 쪽 산기슭은 숲으로 울창했지."

운대산 기슭이면 금화선부를 벗어나고도 한참이다. 거기에 숲까지 울창하다면 종적을 감추기에 더 없이 유리했다.

상왕이 죽은 후 놈들이 화공을 퍼붓자 망연자실했던 사람들은 함성이라고 지르고 싶은 심정이었다. 이젠 영락없이 죽었다고 생각했는데 생각지도 않은 살 길이 열렸다.

몇몇 사람들은 서로 부둥켜안으며 뜨거운 눈물까지 흘렸다. 죽음은 두렵지 않으나 사문으로 돌아가 다시 반격을 준비할 생각을 하니 감정이 복받쳐 오른 것이다.

"한데 한 가지 문제가 있네."

"그게 뭡니까?"

"동혈은 한 사람이 허리를 숙이고 겨우 지나갈 정도로 좁았네. 게다가 운대산이 가까워지면 암반지대가 나타나서 비교적 안전하지만 그 전까지는 토굴일세. 중간중간에 버팀목을 받쳐두긴 했으나 사람의 손길을 닿은 지 너무 오래되어 죄다 삭아버렸군. 한꺼번에 이 많은 사람들이 들어가면 십중팔구 산채로 매장당할 걸세."

"하면 어떻게 해야 합니까?"

"충격을 최소화하려면 십여 장 간격으로 한 사람씩 들어가되 아주 느린 속도로 이동을 해야 하네. 창월루에서 운대산 쪽 출구까지의 거리는 어림잡아도 십여 리. 놈들이 금방 비밀통로를 찾지 못할 거라고 해도 오십여 명이나 되는 사람이 모두 동혈 속으로 자취를 감추려면 족히 일다경은 걸릴 걸세. 그것마저도 중간에 동혈이 무너지는 구간이 없어야 한다는 전제하에서. 한데 지금 돌아가는 상황을 보아하니 일다경은 커녕 일각도 버티지 못할 것 같군."

비밀통로가 있다는 말에 환호했던 사람들은 동혈이 언제 무너질지 모르는데다 모두 대피를 하는 데 최소 일다경은 걸릴 거라는 말에 또다시 절망했다.

일다경이 다 무엇인가?

놈들은 또다시 기름 항아리를 던져대고 있었다.

"개자식들, 성을 아주 통째로 튀기려드는구만!"

홍쌍표가 버럭 고함을 질렀다.

뾰족한 방법이 없는 가운데 시간이 흘렀다.

사람들의 불안은 더욱 깊어졌고, 위지룡을 중심으로 한 몇몇 사람들은 살아서 빠져나가는 걸 포기한 듯 항전을 주장했다. 이렇게 된 마당에 마지막까지 장렬하게 싸우자는 것이다.

절망의 끝에 다다르면 오히려 용감해지는 법인가 보다. 싸우자는 사람들은 점점 많아졌고, 급기야 놈들이 성을 불바다로 만들기 전에 성문을 열고 튀어나갈 것처럼 다급한 말들을 쏟아냈다.

"이래 죽으나 저래 죽으나 매한가지 아닙니까?"

"놈들이 성을 불바다로 만들기 전에 선제공격을 해야 합니다!"

"맞습니다. 어서 성문을 열어야 합니다!"

"부상자들은 어떻게 하죠?"

조연려의 한마디가 흥분한 사람들에게 찬물을 끼얹었다. 누구도 대답을 하지 못했다. 성한 사람들이야 뛰쳐나가 장렬하게 싸우다 전사한다 해도, 부상자들은 어찌할 도리가 없다. 그저 성안에 남아 불과 함께 산화하는 것뿐.

"절반이 싸우는 동안에 나머지 절반이 부상자들을 이끌고 동혈로 빠져나가는 건 어떻습니까?"

포계혁이 말했다.

하지만 누가 남고 누가 나간단 말인가?

그걸 또 누가 고를 것이고.

하지만 그런 문제는 의외로 쉽게 해결되었다.

"제가 남겠습니다."

"지약……."

이정이 깜짝 놀라며 위지약의 이름을 불렀다.

"저도 남겠어요."

"연려, 너까지."

"저도 남겠습니다."

"저도 남겠습니다.

위지약, 조연려, 사공찬, 포계혁을 필두로 장개산과 함께 개활지를 뚫고 들어왔던 섬서 무림의 후기지수들이 앞다투어 나섰다.

백건악 등은 조금 전까지만 해도 자신들에게 칼을 겨누었던 저들이 서로 남겠다며 나서는 걸 보고 깊은 감명을 받았다.

잠시나마 의견 대립으로 칼을 겨누었을지언정 비겁하게 목숨을 구걸하는 자들은 아니었던 것이다. 분하고 섭섭했던 마음이 눈 녹듯이 사라지며 자신들도 모르게 가슴이 뜨거워졌다. 급기야 설강도가 앞으로 나서며 말했다.

"북검맹의 기개가 섬서 무림의 후기지졸(後起之卒)만 못할 쏘냐. 나도 흑풍조를 대표해 남겠다."

"강도……!"

백건악이 나직하게 설강도를 불렀다.

"휘를 부탁한다."

백건악, 구양소문, 빙소소의 표정이 딱딱하게 굳었다.

지금 남궁휘는 다른 사람의 도움 없이는 한 발자국도 움직일 수 없는 상태다. 그런 남궁휘를 빼내려면 흑풍조 중에서도 누군가는 한 명 남아야 하지 않겠는가. 설강도는 바로 그런 이유로 남겠다는 말을 자처한 것이다.

이쯤 되니 남겠다고 자처한 사람들은 대충 이십여 명쯤 되었다. 하지만 그들의 목숨이라고 어디 가벼울까? 설강도는 장차 천검문의 대를 이을 소공자이고, 조연려는 이화문의 유일한 생존자다. 속속들이 들여다보면 누구 하나 절절한 사연이 없는 사람이 없다.

그때 흉벽 너머를 살피던 누군가가 외쳤다.

"놈들이 또 불화살을 재고 있어! 이번엔 숫자가……!"

사람들은 일제히 보도 위로 올라가 흉벽 너머의 개활지를 살폈다. 창월루에서 바라다 보이는 정면 삼십여 장 밖에 장궁을 든 궁사들이 뭉툭한 화살을 장전한 채 도열해 있었다. 한데 그 숫자가 무려 오백여 명을 헤아렸다.

지금까지 날아든 것과는 비교도 할 수 없는 숫자.

횃불을 든 한 사람이 말을 탄 채 그들의 앞을 질주하며 화살촉에 불을 붙였다. 눈 깜짝할 사이에 오백여 발의 불화살이 시커먼 사위를 밝혔다.

창월루 전체가 어유로 범벅이 된 것을 감안하면 이미 날아든 불화살만으로도 일다경이면 충분히 전소시킬 수 있었다.

그럼에도 불구하고 불화살을 오백여 발이나 준비했다는 것은 살아남을 수 있는 일말의 가능성도 허락하지 않은 채 마지막 일격을 가하겠다는 뜻이다.

사람들은 크게 당황했다.

동시에 오백여 발이나 되는 불화살이 쇄도하면 창월루는

눈 깜짝할 사이에 불구덩이로 변하게 된다. 부상자들만이라도 동혈로 피할 수 있는 시간조차 허락되지 않을 것이다.

그게 끝이 아니었다.

그들로부터 십여 장 뒤쪽에는 각종의 중병기를 뽑아 든 천여 명의 사마외도가 말을 탄 채 대기했다. 창월루가 불바다로 변하고 사람들이 뛰쳐나오면 그대로 말을 달려와 도륙할 작정이 분명했다.

화공에 이은 돌격전!

제갈량이 살아서 돌아온다고 해도 지금의 상황에선 어쩔 도리가 없으리라.

"거궁(擧弓)!"

야신의 우렁찬 사자후가 울려 퍼졌다.

그에 맞춰 오백 발의 불화살이 창월루쪽 창공을 향해 비스듬히 꺾여 올라갔다. 장개산의 입에서 일갈이 터진 것도 동시였다.

"한 번만 더 불화살을 쏘면 내 손으로 상왕을 죽이겠다!"

성안의 사람들은 어리둥절했다.

이미 죽어버린 상왕을 어떻게 또 죽인다는 건가?

대체 왜 저런 소리를 하는 걸까?

"이미 끝난 얘기 아닌가?"

멀리서 야신이 물었다.

"상왕을 내어주겠다."

"이제 와서 왜 생각이 바뀐 거지?"

"방법이 없잖나."

"이미 늦었다면?"

장개산은 즉답을 피한 채 개활지에 가득한 적들을 쓸어 본 후 말했다.

"성문을 열고 돌진하겠다. 단언컨대 가까이 있는 자 삼백은 내 손에 죽을 것이다!"

장개산의 음성은 나직했지만 개활지 전역으로 퍼져갔다. 어딘지 모르게 섬뜩한 그 음성을 듣는 순간 사람들은 적아를 막론하고 빈말이 아니라는 느낌을 받았다. 개활지에 가득한 사마외도들이 술렁이기 시작했다.

야신은 그 자리에서 결정을 하지 않고 고개를 꺾어 동쪽을 바라보았다. 그곳에 벽사룡이 말을 탄 채로 노마두들과 함께 장내를 지켜보고 있었다. 벽사룡이 가볍게 고개를 끄덕이자 야신이 그제야 장개산을 올려다보며 말했다.

"운이 좋군."

승낙의 의미였다.

말을 하는 야신의 표정이 묘하게 일그러졌다.

상왕과 직접적인 원한이 없는 야신으로서는 성에 불을 지른 후 튀어나오는 사람들을 닥치는 대로 도륙하는 편을 원했을 것이다.

그래야 제 손으로 장개산을 죽여 죽은 제자들의 원한을 갚을 수 있을 테니까.

"단, 조건이 있다."

장개산이 말했다.

"무슨 헛소리를 하는 거냐?"

"철갑을 두른 사두마차 다섯 대와 빠른 말 오십 필, 강궁 스무 자루, 강전 오백 발을 준비해라."

장개산은 야신의 말 따위 신경 쓰지 않고 제 할 말만 했다. 야신을 향한 그의 말투가 어느새 하대로 바뀌어 있었지만, 야신 또한 그런 것쯤은 신경 쓰지 않는 듯했다. 어차피 서로 죽이지 못해 안달이 난 상황에서 공대를 하는 것도 우습지 않은가.

"마차는 부상자들의 운송을 위한 것이겠지?"

"그렇다."

"우리가 약속을 지키지 않을 거라고 생각하나?"

"금화선부에서는 공격을 하지 않겠지. 하지만 금화선부를 벗어나는 순간 대대적인 추살이 시작될 것이라는 걸 모를 정도로 순진하지는 않다."

"그사이 강호밥을 제법 먹은 모양이군."

"피차 뻔히 짐작하는 얘기들은 생략하기로 하지."

"거절한다면?"

"시체로 변한 상왕부터 보게 되겠지."

"너희 또한 함께 죽는대도?"

"조삼모사(朝三暮四)가 아닌가."

"하하하. 네놈이 과연 상왕을 죽일 수 있을까?"

장개산은 야신과의 대화를 멈추고 동쪽으로 고개를 꺾었다. 이어 노마두들 사이에 서 있는 벽사룡을 향해 외쳤다.

"내 배짱을 시험해 보고 싶은 거냐?"

벽사룡은 아무 말도 하지 않았다.

그는 침잠한 눈으로 장개산을 바라보기만 했고, 장개산 역시 그를 뚫어지게 노려보았다. 불똥이 튀는 눈싸움이 이어지길 한참, 벽사룡이 천천히 입을 열었다.

"먼저 상왕을 보여다오."

과연 벽사룡은 쉬운 상대가 아니었다.

놈은 장개산과 야신이 나누는 대화에서 무언가 껄끄러움을 읽었음이 분명했다.

성안에 있던 사람들은 충격에 휩싸였다.

이미 죽은 상왕을 무슨 수로 보여준단 말인가?

"상왕은 심각한 화상으로 의식을 잃은 상태다."

"죽은 게 아니고?"

"마차와 말을 들여보낼 때 사자도 함께 보내라. 그때 확인

시켜 주지. 일다경을 주겠다. 더 지체하면 그땐 정말로 상왕의 목숨을 장담할 수가 없다."

장개산은 상왕의 상태를 핑계 삼아 시간이 얼마 남지 않은 것처럼 말했다. 상대의 다급한 마음을 자극해 나의 약점을 숨기는 일종의 허장성세(虛張聲勢)였다.

사람들은 벽사룡의 표정을 유심히 살폈다.

저 능구렁이 같은 녀석이 과연 속아줄 것인가.

벽사룡은 한동안 장개산을 응시하더니 야신을 향해 고개를 끄덕였다. 야신은 이렇게 돌아가는 상황이 마음에 들지 않는지 얼굴가득 불쾌한 기색을 지으며 궁사들에게 명령했다.

"하전(下箭)!"

허공을 향해 있던 오백여 발의 불화살이 일제히 바닥으로 떨어졌다.

"대체 무슨 속셈인가?"

장개산이 보도 위에서 내려오자마자 이정록이 물었다.

"제가 혼자 남겠습니다."

"무슨… 뜻인가?"

"보셨다시피 놈들은 아직 상왕이 죽은 줄 모르고 있습니다. 이를 이용해 항복하는 척 가장하여 최대한 시간을 끌어보겠습니다. 그사이 문주님께서는 사람들을 이끌고 금화선부를 빠져나가십시오."

"자네가 왜?"

"저에게 전권을 일임한다고 하셨지요? 이건 명령입니다."

"……!"

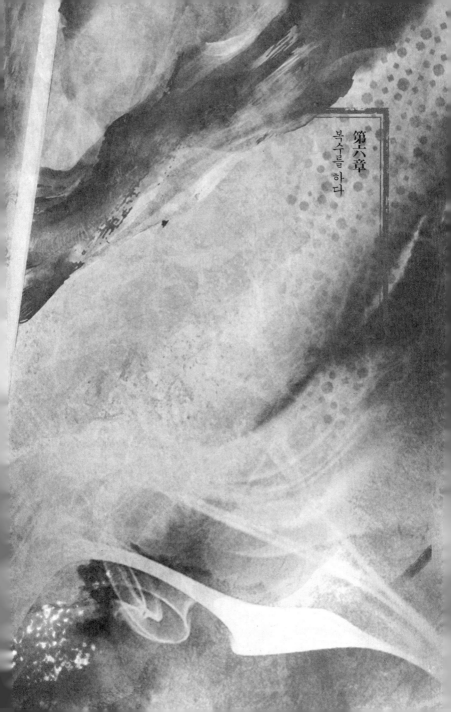

第六章
복수를 하다

　사람들은 분주하게 움직였다.

　가장 먼저 옷가지들을 벗어 들것을 만들고 거기에 부상자들을 태웠다. 이어 비교적 부상이 덜한 사람들이 들것의 앞뒤를 드는 것으로 각각 한 조가 만들어졌다.

　모든 준비가 끝나자 양각노호가 사람들을 이끌고 연기가 자욱한 복도로 들어가기 시작했다.

　"사문이 제종산문이라고 했나?"

　모두 탈출하느라 어수선한 가운데 이정록이 물었다. 그로부터 한 걸음 떨어진 곳에는 사통후, 위지룡, 임당령을 비롯해 위지약, 조연려, 이정, 사공찬 등이 장개산을 지켜보고 있었다.

"그렇습니다."

"여러 말 하지 않겠네. 섬서 무림은 오늘 제종산문에 큰 빚을 졌네. 철산검문을 비롯해 쉰두 곳의 문파는 향후 제종산문이 환란에 처할 경우 그 이유가 무엇이든 달려가 도울 것이네. 이 약속은 우리가 죽더라도 대를 이어 백 년 동안 유지될걸세."

'이유가 무엇이든' 이라는 말은 옳고 그름을 따지지 않고 달려와 주겠다는 뜻이다.

그 옛날 상왕과 섬서 무림인들과의 관계도 그랬을까?

그랬었는지도 모르겠다.

무림에서의 약속은 정사마를 초월해 반드시 지켜야 할 일종의 불문율 같은 것, 독수광의가 그 많은 사마외도를 동원할수 있었던 것도 모두 같은 맥락이다.

평생을 강호에서 밥을 먹은 이정록이 약속의 무게를 어찌모를 것인가.

그럼에도 불구하고 저런 엄청난 말을 하는 것은 문파의 사활이 그들의 생사에 달려 있기 때문이다. 그리고 그들의 생사는 장개산에게 달려 있었다.

이정록과 사람들은 나이를 초월해 장개산에게 깊숙이 읍

을 하고는 안쪽으로 사라졌다. 조연려는 무언가 할 말이 있는 듯 잠시 서성거렸다.

"내게 할 말이 있소?"

"아깐 죄송했어요."

"이미 잊었소."

굳어 있던 조연려의 표정이 비로소 조금 밝아졌다.

"성을 나가면 어디로 갈 것이오?"

조연려는 이화문의 마지막 생존자다.

사문으로 돌아가 봐야 반겨줄 사람도 없는 터에 돌아갈 이유가 없다. 정확하게는 갈 곳이 없다는 게 맞다.

"지약 언니가 은하검문주께 말씀드려서 당분간 은하검문에서 지내게 될 것 같아요."

다행이다.

조연려의 나이 이제 겨우 열예닐곱, 일신에 지닌 무예가 출중하다고는 하나 아직은 누군가의 보호가 필요한 나이다. 은하검문이면 충분히 보살피고 다시 문파를 재건할 수 있도록 도와줄 수 있을 것이다. 잠깐 본 문주 임당령 또한 사려가 깊고 자애로운 사람 같았다.

"다시 만나면 오라버니라고 불러도 될까요?"

"……?"

"안 되나요?"

빤히 바라보는 조연려의 눈동자가 유난히 맑아 보였다.

누군가와 인연을 맺는 것은 쉬운 일이지만 그들을 지키고 바라보는 것은 아주 어려운 일이다. 상대가 언제 어디서 어떻게 죽을지 모르는 무림인이라면 더더욱.

"무운을 비오."

조연려는 꼭 다문 입술로 고개를 끄덕인 다음 쓸쓸하게 돌아서 갔다.

조연려가 복도로 사라지자 장개산은 그때까지도 흉벽 가까이 서 있는 백건악, 설강도, 구양소문, 적인명을 바라보았다. 그들은 섬서 무림인들이 사라지는 동안 놈들이 의심하지 않도록 성벽을 경계하는 것처럼 가장하고 있었다.

"너희도 이제 그만 가라."

"뭐?"

설강도가 그게 무슨 말이냐는 표정으로 물었다.

"알아들었을 텐데."

"설마, 정말 너 혼자 남겠다는 거냐?"

"시간이 없어. 다들 서둘러."

"어림 반 푼어치도 없는 소리 하지 마. 흑풍조는 하나다!"

"난 흑풍조가 아냐."

"……!"

설강도는 순간적으로 말문이 막혔다.

까맣게 잊고 있었는데 장개산은 확실히 흑풍조가 아니었다. 그렇다고 북검맹도도 아니다. 설강도가 뭔가 적당한 말을 찾지 못해 우물쭈물하는 사이 장개산이 백건악을 돌아보며 물었다.

"이번 작전은 어때?"

"한 명이 죽어 오십 명이 산다. 전술적으로 보자면 현재로선 최선의 선택이지. 하지만 잘한 일이라고는 말 못하겠다."

"남궁휘는 네가 하는 말은 언제나 옳다고 했다. 네가 최선의 선택이라고 하니 마음이 좀 놓이는 걸."

"대체 어쩔 생각이야?"

"나도 네 생각과 같아. 어차피 이길 수 없다면 희생을 최대한으로 줄여야 한다는 게 내 판단이다."

"그러니까 그게 왜 하필 너냐고!"

설강도가 버럭 짜증을 냈다.

그리고 덧붙였다.

"엄격하게 말해서 이건 섬서 무림인들과 대망혈제회의 싸움이야. 저들과 아무런 이해관계가 없는 네가 왜 모든 짐을 짊어지려는 거야? 그렇다고 네가 협의지사의 길을 걷는 것도 아니잖아."

"다른 사람들은 개산을 대신할 수 없기 때문이지."

갑작스럽게 들려온 목소리에 사람들이 고개를 꺾었다.

보도의 왼쪽 모퉁이에서 남궁휘가 빙소소와 함께 걸어오고 있었다. 핏기를 찾아볼 수 없을 만큼 창백한 얼굴로 말미암아 아직도 내상의 치료가 끝나지 않았음을 알 수 있었다. 필시 비밀통로를 발견했다는 소식을 듣고 운공 중에 나온 것이리라.

"다른 사람들은 개산을 대신할 수 없다는 게 무슨 말이야?"

설강도가 물었다.

"오직 개산만이 놈들의 신경을 집중시킬 수 있다는 말이야. 다른 사람들은 놈들을 속일 수 없어."

오십여 명이 창월루에 갇히고 나서 사람들은 은연중에 장개산을 주장으로 생각했다.

대망혈제회가 금화선부를 노린다고 가장 먼저 경고를 해준 사람도 장개산이었고, 모두가 함정에 빠진 줄도 모르고 죽어가는 사이 갑작스럽게 등장해 사십여 명을 구출하고 돌격대를 꾸려 이곳까지 온 사람 역시 장개산이었다.

무엇보다 이천여 명의 사마외도가 포진해 있는 개활지를 가로질러 올 때 보인 무시무시한 힘과 돌파력은 모두의 간담을 서늘하게 했다. 그건 일개 후기지수가 할 수 있는 일이 아니었다.

장개산의 괴력은 적들도 똑똑히 보았다.

적들 역시 창월루에 모인 생존자들의 주장으로 장개산을 점찍었다. 그랬기에 야신이 찾아왔을 때도 홍쌍표는 물론이거니와 섬서 무림의 다른 모든 명숙을 제치고 장개산과 대화를 했던 것이 아닌가.

여기엔 단장애에서 장개산과 격돌하고 승부를 보지 못한 벽사룡의 생각이 많이 좌우했을 것이다.

그런 상황에서 장개산이 모습을 보이지 않으면 의심을 살 수밖에 없었다. 사람들이 모두 빠져나가는 동안에도 마지막까지 남아 있을 한 사람을 고르라면 장개산밖에 없다. 다른 사람들은 누구도 그를 대신하지 못한다.

설강도는 뒤늦게 남궁휘의 말을 이해하고 표정을 굳혔다.

"신중하게 생각한 끝에 내린 결정이겠지?"

남궁휘가 장개산에게 물었다.

"물론."

"좋아. 그럼 함께 싸우자."

"방금 나 혼자 남겠다는 말에 동의한다고 하지 않았어?"

"내가? 천만에. 너는 필수로 남아야 한다는 소리였지."

"그럼 그렇지. 남궁휘가 좀 밥맛이긴 해도 비겁한 녀석은 아니거든. 하지만 이번엔 빙소소와 함께 가라. 여긴 나와 개산이 맡을 테니까."

설강도가 헤실헤실 웃으며 말했다.

남궁휘가 장개산을 혼자 내버려두지 않겠다고 하자 괜스레 기분이 좋아진 것이다.

"팔병신이 속병신을 걱정해 주고 있군. 웃기지들 말고 다들 꺼져. 이 몸이 끝까지 남아 장개산이 죽는 걸 지켜보았다가 나중에 얘기를 해줄 테니까."

구양소문이 말과 함께 대월도를 번쩍 뽑아 들었다.

적인명은 조용히 장개산의 뒤쪽으로 가서 섰다.

언제나 말수가 적은 그는 그런 식으로 장개산과 함께 남아 싸우겠다는 의사를 밝혔다.

"흑풍조를 희생하고 섬서 무림인들을 살리다니. 이건 최악의 전술이야."

마지막으로 백건악이 말했다.

그는 '흑풍조'라는 한마디로 자신도 남을 것임을 밝혔다. 고집에 관한 한 하나같이 둘째가라면 서러운 녀석들, 누가 누구를 남기고 떠날 리 없다. 이렇게 되면 결국 모두가 남는 것이다.

하지만 흑풍조의 조원인 빙소소는 어쩐 일인지 아무 말도 하지 않았다. 그녀는 시종일관 조용히 남궁휘의 곁을 지킬 뿐이었다.

"다들 뭔가 오해하고 있는 것 같은데, 난 다른 사람들을 살리기 위해 남기로 한 게 아냐. 다만 목적한 바를 이루기 위해 남은 거지. 사람들을 빼돌릴 수 있었던 건 그 과정에서 얻은 부수적인 수확이고."

장개산이 말했다.

"무슨 말이야?"

설강도가 물었다.

"내가 왜 장안으로 왔는지 기억하지?"

"야신… 너 설마……?"

"잠시 후면 내가 요구한 말과 마차가 성안으로 들어올 거야. 내 짐작이 틀리지 않다면 야신이 직접 올 가능성이 커. 그때 야신을 처치할 생각이다."

"지면?"

"여기서 죽으려고 지금까지 야신을 추격한 게 아냐."

"좋아. 백번 양보해서 야신을 처치했다고 쳐. 그다음엔 어떻게 할 거야?"

"그땐 그때대로 생각이 있다."

장개산은 사람들을 하나하나 눈에 담은 후 말을 이었다.

"다들 내가 야신을 얼마나 죽이고 싶어 했는지 알지? 알다시피 대망혈제회가 본색을 드러내는 바람에 앞으로는 야신을 만나는 일이 더욱 힘들어졌어. 이때를 놓치면 또 언제 기회가 올지 몰라."

"그걸 왜 너 혼자 하려는 거냐는 말이지, 내 말은."

구양소문이 말했다.

"이건 내 싸움이야. 너희와는 상관없어."

말은 저렇게 하지만 야신에 대한 복수가 전부가 아님을 혹 풍조는 모르지 않았다.

장개산의 생각은 확고했다.

사람들은 아무 말도 하지 못한 채 굳게 닫힌 장개산의 입술만 바라보았다. 쥐죽은 듯한 침묵이 흐르길 잠시, 설강도가 홱 돌아서더니 휘적휘적 걸어가며 중얼거렸다.

"빌어먹을 자식, 매사에 이런 식이야!"

설강도가 멀어지는 사이 남궁휘가 말했다.

"이번엔 기다려 줄 수가 없다. 폭죽도 없고."

"알아."

"만약 살아서 빠져나간다면 북검맹으로 와라. 알고 있는지 모르겠는데 너는 아직 우리에게 한 번도 술을 사지 않았다. 그건 벗에 대한 예의가 아니지."

"생각해 보지."

남궁휘는 가볍게 고개를 끄덕이고는 설강도가 사라진 복도로 뛰어들었다. 그 뒤를 백건악, 구양소문, 적인명이 따랐다. 빙소소는 끝내 단 한마디도 하지 않은 채 사람들의 뒤를 따랐다.

마치 아무런 사이도 아닌 것처럼, 혹은 다시 안 볼 사람처럼 돌아서 가는 빙소소의 모습이 오늘따라 조금은 서운하게 느껴졌다. 어쩌면 오늘이 그녀를 보는 마지막 날이 될지도 모르기에.

모두가 떠난 성안 공터엔 이제 장개산만 홀로 덩그러니 남았다.

그때 동쪽 산릉으로부터 반 뼘쯤 위 하늘에서 강렬한 빛줄기가 쏟아졌다. 잠시 먹구름 속에 갇혀 있던 해가 서광을 본격적으로 쏟아내기 시작한 것이다.

서광이 비치기 시작하자 개활지 가득한 이천여의 사마외도를 덮고 있던 산그림자가 빠른 속도로 달려왔다.

그건 세상 그 어떤 새보다도 빨랐다.

산 그림자가 사라진 사이로 철갑을 두른 다섯 대의 마차와 오십 필의 말이 성문을 향해 달려오고 있었다.

*   *   *

장개산의 예상은 적중했다.

성문을 열자 야신이 이십여 명의 사마외도와 함께 말과 마차를 끌고 들어왔다. 하지만 애초 생각했던 것보다, 사실은 기대했던 것보다 훨씬 빨리 왔다는 게 문제였다.

이쪽에서 무언가 일을 꾸밀 시간을 주지 않게 위해 서두른 기색이 역력했다.

다섯 대의 마차에 오십여 필의 말이 들어서자 성안 공터는 순식간에 발을 딛기 힘들 정도로 가득 차 버렸다. 그나마 공터의 불길을 모두 잡았기에 가능한 일이었다.

하지만 외벽으로부터 뿜어져 나오는 열기 또한 만만한 것이 아니어서 오십여 필의 말이 앞다투어 투레질을 해댔다.

장개산은 복도로 이어지는 작은 단 위에서 그 모습을 지켜보았다.

수하로 보이는 자들이 놀란 말들을 진정시키는 사이 야신은 사방을 쓸어 본 후 장개산을 향해 물었다.

"사람들이 보이지 않는군."

"환영식이라도 해줄 줄 알았나?"

야신은 무언가 이상하다는 듯 표정을 굳혔다.

그가 다시 물었다.

"상왕은 어디에 있지?"

장개산은 턱짓으로 위쪽을 가리켰다.

야신은 고개를 꺾어 위를 올려다보았다.

과연 흙벽을 연한 보도 위에 한 사람이 들것에 실려 죽은 듯이 누워 있었다. 옷자락이 새까맣게 눌러 붙은 걸로 보아 일단은 무월당에서 빼돌린 상왕으로 짐작이 되었다. 한데 여기서는 정확한 얼굴을 확인할 수가 없었다.

"가서 확인해 봐라."

야신이 누군가에게 명령을 내렸다.

한 사람이 바닥을 박차더니 말 잔등을 타고 올랐다가 다시 그대로 보도 위로 신형을 쏘았다. 상대적으로 약한 말의 잔등을 박차고 솟구치는 신법이 예사롭지 않았다.

하지만 그는 보도를 반 장 정도 남겨 놓은 허공에서 갑자기 퍽 소리를 내며 곤두박질쳤다. 땅바닥에 철썩 떨어지는 그의 머리통이 썩은 수박처럼 터져 나가 있었다. 그로부터 대여섯 장 떨어진 곳에서 피 묻은 석벽돌 하나가 뒹굴었다.

장개산이 석벽돌을 던져 놈의 뒤통수를 맞춘 것이다.

"이게 무슨 짓이냐!"

야신이 버럭 소리를 질렀다.

차장창창!

야신이 이끌고 온 이십여 명의 사마외도들이 일제히 병장기를 뽑아 들었다. 죽은 이는 양윤이라는 자로, 화북(華北) 일대에서는 적수를 찾기 어려운 편곤(鞭棍)의 달인이었다.

편곤은 팔 척에 이르는 강철봉에 쇠사슬로 작은 곤을 연결한 것으로 일종의 쇠도리깨였다.

양윤은 지난 십수 년간 태행산에 은거 아닌 은거를 하면서 지나가는 표사 수백 명을 때려죽이고 닥치는 대로 재물을 약탈했는데, 그 수법이 어찌나 악랄한지 표국 사람들은 양산박의 괴물, 흑선풍 이규에 빗대어 양윤에게 마선풍(魔旋風)이라는 별호까지 선사했다.

그런 양윤을 돌멩이로 죽이다니, 양윤은 그렇게 죽어선 안 되는 사람이었다.

양윤뿐만이 아니었다.

지금 성안으로 들어온 이십여 명의 사마외도는 야신이 오래전부터 음으로 양으로 관계를 맺어온 심복들로 하나같이 일류를 넘나드는 고수들이었다.

사람들은 장개산의 솜씨에 기가 질렸다기보다는 양윤의 어이없는 죽음에 분개했다. 당장에라도 뛰쳐나가 일전을 벌이려는 순간, 장개산이 나직하게 말했다.

"내 허락 없인 데려가지 못한다."

"그게 무슨 소리야!"

"먼저 마무리 지어야 할 일이 좀 있지."

"......?"

"당신을 만나기 위해 대륙을 가로질러 왔다. 이제 끝장을 내자."

야신의 제자인 화의공자 방사인과 흑선룡 매소랑은 장개산의 손에 죽었다. 원한이 깊기로 따지자면 야신 또한 장개산 못지않았다.

"생사결이라면 언제든 대환영이다. 하지만 네놈의 목을 부러뜨릴 때까지 염마천주께서 기다려 주실지 모르겠군. 염마천주께선 상왕이 숨을 쉬고 있는 동안에 직접 베길 원하신다. 너와 나의 생사결은 상왕을 넘긴 후에 다시 하기로 하지. 그때도 네가 도망가지 않는다면."

순간, 장개산이 어깨 너머로부터 참마검을 뽑았다. 단지 검을 뽑았을 뿐인데 좌중을 압도하는 기도가 느껴졌다. 그에 반응하듯 야신이 이끌고 온 이십여 명의 사마외도가 각자의 병장기를 꼬나쥐고 자세를 낮추었다.

금방이라도 전투가 벌어질 것 같은 일촉즉발의 순간, 장개산이 갑자기 왼쪽에 매여 있던 밧줄을 툭 끊었다. 그러자 사람들이 지나온 성문이 드르륵 떨어지는가 싶더니 굉음을 내며 닫혀 버렸다.

꽝!

느닷없는 굉음에 놀란 말들이 앞발을 치켜들고 울부짖었다. 병장기를 뽑아 든 이십여 명의 사마외도는 장개산을 상대하기는커녕 우선 날뛰는 오십여 필의 말부터 진정시켜야 했다.

강철기둥과 나무를 격자 모양으로 짜 만든 성문의 무게는 무려 일천 근, 이제 성문으로는 누구도 나갈 수도, 들어올 수도 없었다. 뿐만 아니라 상왕이 성안에 있는 한 바깥에서 선불리 어떤 행동을 하기도 어려웠다.

"이제 됐나?"

장개산이 물었다.

눈동자에 기광이 맺힌다 싶은 순간, 야신은 장개산에게서 시선을 떼지 않은 채 수하들을 향해 말했다.

"상왕은 놈을 죽인 연후에 내가 데려가겠다. 너희는 생존자들이 어디로 도망갔는지 찾아보거라. 분명히 말해두건대, 허락없이 싸움에 끼어드는 놈은 내 손에 먼저 죽을 것이다!"

말과 함께 야신이 말 잔등에서 홀쩍 뛰어내렸다.

바닥에 착지를 하는 순간 발을 어깨너비로 벌리고 두 주먹을 끝에서부터 말아 쥐었다. 단지 기수식을 취했을 뿐인데 한줄기 노도와 같은 기세가 몰려왔다.

때를 맞춰 야신이 이끌고 온 이십여 명의 사마외도는 벌 떼처럼 흩어지며 성안으로 사라졌다.

장개산은 참마검을 바닥에 힘껏 내리꽂은 후 야신과 대치했다. 전날 서호에서 일전을 겨룬 후 운중동에서 다시 격돌했을 때도 야신은 병기를 쓰지 않았다.

자신은 검이 특기이고 야신은 권장지공이 특기이니 검을 쓴다고 해서 딱히 흠이 될 건 없었지만, 그래도 대등하게 겨루어 이기고 싶었다.

"쓸데없는 치기. 덕분에 네놈의 명이 조금 더 짧아졌다."

파앙!

야신이 쌍수를 뻗어왔다.

그와의 거리는 무려 오 장, 이 거리에서 장개산과 같은 고수를 상대로 장법을 펼친다는 것은 손으로 달을 따려는 것과 같다.

하지만 그건 장개산의 착각이었다.

두 개의 손바닥이 급격하게 커지는가 싶더니 막강한 압력이 얼굴을 향해 쇄도했다. 흡사 거대한 망치가 날아오는 듯한 위력. 장개산은 함부로 맞설 생각을 못한 채 연거푸 세 걸음이나 물러났다.

그러나 야신의 손바닥은 끝까지 따라붙으며 얼굴 앞, 가슴 앞, 어깨 앞 한 뼘쯤에서 연달아 폭발이 일어났다.

펑! 펑! 펑!

격공장(隔空掌)!

허공을 격해 멀리 떨어진 상대에게 힘을 집중시켜 터뜨리는 발경법의 한 가지, 흔히 말하는 장풍(掌風)이 바로 이것이다.

검강을 뽑아내는 것이 검사의 평생 숙원이라면 장풍은 권사(拳士)의 마지막 목표였다. 누구나 바라지만 평생 꿈만 꾸다가 마는 경지.

만약 백골소혼장을 격공장으로 펼친다면……!

상상만 해도 소름이 끼친다.

일 년 전의 야신이 아니었다.

장개산이 뼈를 깎는 고통을 겪으며 제종산문의 무학을 대성하는 동안 야신 역시 또 다른 경지를 밟았던 것이다. 예상했던 경우의 수 중 가장 최악의 상황.

이래서 무학은 끝이 없다고 하나 보다.

선제공격으로 기세를 잡은 야신은 파상적인 공세를 이어갔다. 막강한 장력으로 대기를 두들겨 놓은 다음에는 흡사 유령과도 같은 신법으로 이리저리 파고들며 양손을 놀렸다.

장(掌)이 권(拳)으로 바뀌고, 권이 다시 수(手)로 바뀌기를 반복하는 동안 장개산은 단 한 차례의 반격도 가하지 못했다.

반격을 할라 치면 어느새 생각지도 못한 방향에서 권장이 날아들었다. 그걸 막기 위해 초식을 펼치면 또 다른 방향에서 권장이 날아들고, 또 날아들었다.

격공장만 펼칠 수 있는 게 아니었다.

야신의 권장은 일 년 전보다 훨씬 빨라졌고, 더 무거워졌으며 또한 강해졌다. 초식 하나하나에 실린 거암도 부술 듯한 위력이 전권을 온통 폭풍의 소용돌이로 만들어 버렸다.

장개산은 반격은커녕 짧게 끊어지는 초식으로 폭풍처럼 난타해 오는 야신의 권장을 막아내기에 급급했다. 그나마 천만다행인 것은 장개산의 육체가 평범한 사람의 그것이 아니라는 데 있었다.

보통 사람이라면 주먹이 으스러지고 손바닥이 갈가리 찢겨 나갈 파괴력이었지만, 장개산의 타고난 힘과 육체는 번번이 야신의 권장을 막아냈다.

하지만 진짜 무서운 건 따로 있었다.

도저히 그럴 수 없는 방향에서 불현듯 쇄도해 오는 격공장이 바로 그것이었다. 실체 없이 오직 압력만으로 존재하는 격공장으로부터 살아남는 길은 뒷걸음질을 쳐 폭발을 비껴 나는 것밖에 없었다. 덕분에 장개산은 계속해서 물러났고, 야신은 그만큼의 거리를 좁혀오며 난폭한 공세를 퍼부었다.

"겨우 이 정도 가지고 큰소리를 쳤느냐!"

야신이 혼전을 펼치는 와중에도 일갈을 터뜨렸다.

주먹과 주먹이 숨 가쁘게 오가는 고수들 간의 공방에서는 호흡조차 정교하게 안배해야 한다. 하물며 말을 한다는 건 있을 수도 없는 일, 야신은 이미 장개산을 손바닥 위에 올려놓고 철저히 농락하고 있었다. 적어도 그는 그렇게 생각했다.

장개산은 제대로 된 반격 한 번 해보지 못한 채 계속해서 물러나기만 했다. 하지만 두려워하거나 실망하지 않았다.

지난 일 년간 강호를 종횡하면서 깨달은 것 중에 하나가 힘과 빠름 그 어떤 것도 승부에 도움은 될지언정 결정적인 요인은 되지 못한다는 것이었다.

힘과 빠름이 가장 중요하다면 역사(力士)와 쾌검을 쓰는 자들이 개방에서 만들었다는 무림비강록의 제일 윗자리를 차지하고 있지 않겠는가.

현실은 당연하게도 그렇지 않았다.

승부를 결정짓는 가장 중요한 것은 흐름을 읽는 눈이다. 상대의 병기와 나의 병기가 톱니바퀴처럼 맞물려 돌아가는 어느 순간 반드시 나타나고야 마는 찰나의 틈, 상대와 나를 연결 짓는 최단 거리, 찰나의 순간 나타났다가 사라지고 마는 죽음의 선을 강호인들은 사선(死線)이라고 불렀다.

사선을 파고들 수 있느냐 없느냐가 승부를 결정짓는다.

세상에 완벽한 무예란 존재하지 않듯이 사선이 없는 무인 또한 없다. 문제는 그 사선을 발견하고 찾아내는 일이다.

그때였다.

콰앙!

엄청난 진동과 함께 성문이 비명을 질러댔다.

놈들이 바깥에서 충목(衝木)으로 성문을 부수고 있었다. 개활지의 적들도 성안에서 벌어지는 육장음을 들었을 터, 무언가 잘못되었음을 알아차리고 진격하려는 것이 분명했다.

갈고리 달린 밧줄을 걸어 성벽을 넘어오는 방법이 있음에도 불구하고 굳이 성문을 부수는 것은 물밀듯이 밀려들어와 성안의 생존자들을 한꺼번에 쓸어버리기 위해서다.

그때 성문이 또 한 번 굉음과 함께 진동했다.

콰앙!

적들이 성문을 부수고 들어오는 데 걸리는 시간은 길어야 반각, 그 안에 어떻게든 승부를 끝내야 한다.

'기회는 한 번밖에 없다.'

*　　　*　　　*

쥐 떼가 우글거리는 지하의 이름 모를 공간은 날이 밝았음에도 불구하고 침침했다. 그 공간 구석진 곳에 커다란 항아리가 놓여 있었고, 항아리가 본래 있었던 자리로 짐작되는 곳에 사람 한 명이 겨우 내려갈 법한 구멍이 아래를 향해 수직으로 뚫려 있었다.

운대산으로 이어진다는 비밀통로의 입구였다.

하지만 양각노호가 경고한 대로 한 사람씩 십여 장의 간격을 두고 천천히 들어가다 보니 아직도 이십여 명이나 되는 사람들이 바깥에서 차례를 기다렸다.

빵빵대는 육장음이 들려온 건 그때였다.

"개산이 놈들과 일전을 벌이고 있어!"

구양소문이 말했다.

"놈들이 생각했던 것보다 빨리 왔군."

설강도가 말했다.

"다들 서두르십시오!"

백건악이 다급하게 외쳤다.

아직 비밀통로로 들어가지 못한 사람들은 너 나 할 것 없이 주먹 쥔 손을 부르르 떨었다.

장개산이 시간을 벌어주기 위해 홀로 외롭게 일전을 벌이고 있다는 생각을 하니 당장에라도 뛰쳐나가고 싶은 마음이 굴뚝같았다.

하지만 참아야 했다.

육장음은 계속해서 울렸고, 간격 또한 짧아지고 있었다.

싸움이 점점 급박하게 진행되고 있다는 증거였다. 엄청난 소리로 보아 이만저만한 고수가 아닐 터, 흑풍조는 장개산의 안위가 걱정되어 견딜 수가 없었다.

"빌어먹을! 다들 서두르란 말이야!"

설강도가 참다못해 버럭 소리를 질렀다.

사람들이 모두 비밀통로로 사라져야 장개산도 운신의 폭이 있을 게 아닌가. 그 순간, 어디선가 낯선 고함이 들려왔다.

"여기다. 지하실 쪽이야!"

설강도의 고함이 사람들의 위치를 알린 모양, 지하실로 향하는 발걸음 소리가 다급하게 들리기 시작했다. 소리로 미루어 한두 명이 아니었다.

"오냐, 잘 만났다!"

설강도가 등에 꽂아둔 그의 애병 서각을 힘차게 뽑아 들었다. 그와 동시에 아직 비밀통로로 들어가지 못한 사람들은 너나 할 것 없이 병장기를 뽑았다.

잠시 후, 쾅 소리와 함께 문이 터져 나가며 십수 명의 사마외도가 들이닥쳤다. 놈들은 일렁이는 횃불 아래 사람들이 모여 있는 것에 놀랐고, 그중 일부가 가운데 있는 동혈 속으로 사라지는 것에 또 놀랐다.

"노, 놈들이 탈출을 하고 있다!"

"바깥에 알려… 컥!"

세 번째 소리를 지르던 자가 목덜미에서 피분수를 쏟아내며 앞으로 쓰러졌다. 문 쪽 벽에 찰싹 붙어 있던 설강도가 놈의 목덜미에 장검을 꽂아 넣은 것이다. 설강도는 검을 뽑자마자 또 다른 한 놈의 가슴을 마저 베어 버렸다.

그야말로 눈 깜짝할 사이에 벌어진 일이었다.

설강도를 시작으로 사람들이 벌 떼처럼 덤벼들었고, 삼십여 평의 좁은 지하실은 순식간에 살벌한 전장으로 바뀌어 버렸다.

그때 아직 계단에서 들어오지 못하고 있던 사마외도 중 일부가 뒤돌아 달아나는 소리가 들렸다. 지금 이곳에서 일어나고 있는 일을 바깥의 본대에 알리려는 것이다.

성을 나갈 필요도 없다.

지하실을 나가 흉벽에 올라서서 개활지를 향해 고함을 지르면 뛰어난 경공술을 지닌 고수들이 곧장 성벽을 넘어 이곳으로 달려올 것이다. 그렇게 되면 장개산이 애써 벌어준 시간이 무용지물이 된다.

"소문, 길을 열어라! 흑풍조는 소문을 따른다!"

남궁휘의 명령이 떨어지기 무섭게 구양소문이 대월도를 폭풍처럼 휘두르며 입구를 막고 선 적진 복판으로 뛰어들었다.

제 안위를 돌보지 않은 돌진에 위협을 느낀 적들이 한순간 좌우로 벌어졌다. 그 틈을 타고 남궁휘, 설강도, 백건악, 적인명, 빙소소가 질주했다.

남은 사람들은 비밀통로로 들어가는 것도 미룬 채 십수 명의 사마외도를 상대로 혼전을 치렀다. 한데 지하실로 들이닥친 사마외도들의 실력이 보통이 아니었다.

"으아악!"

"아아악!"

"크아악!"

순식간에 섬서 무림의 후기지수 서너 명이 피를 뿌리며 쓰러졌다. 부상자들에게 앞을 양보하느라 다음 차례를 기다린 것인데 그게 생사를 가르는 선택이었을 줄이야.

무인의 죽음은 이처럼 한 치 앞을 내다볼 수가 없었다.

하지만 독기밖에 남지 않은 후기지수들의 반격도 만만치 않아서 잠깐 사이에 사마외도도 두어 명이 피를 뿌리며 쓰러졌다. 이렇게 죽고 죽이는 상황이 이어지면 공멸을 면치 못한다.

그때 비밀통로 속에서 세 명의 노인이 느닷없이 뛰어나왔다. 홍쌍표, 이정록, 사통후였다.

"이놈들!"

천장이 내려앉을 것 같은 일성과 함께 홍쌍표의 청려장이 허공을 휘저었다.

용두방주는 구대문파의 존장들과 함께 어깨를 나란히 하는 절정고수, 그의 봉법은 일개 사마외도들이 감당할 수 있는 것이 아니었다. 퍽퍽 소리가 요란하게 울리며 사마외도들이 쓰러져 갔다.

이정록은 자타가 인정하는 섬서성 최강의 검사, 그의 신법과 검술은 흡사 빛의 향연과도 같았다. 어둠 속에서 섬광이 이리저리 흐르고 꺾일 때마다 피가 튀고 살점이 날아다녔다. 사마외도들은 벼락을 맞은 사람처럼 비명을 지를 사이도 없이 쓰러져갔다.

사통후 역시 이정록과 쌍벽의 이루는 검의 달인이었다. 이정록이 도도한 가운데 한줄기 벼락같은 검초를 펼쳤다면 사통후는 시종일관 빠르고 은밀한 쾌검을 구사했다. 그의 검은

빛도 없고 검풍도 일어나지 않았다.

오직 대기를 가르는 쉭쉭 소리가 들린다 싶으면 어김없이 피가 허공에 뿌려질 뿐.

싸움은 반각이 채 지나지 않아 끝이 났다.

바닥에 널브러진 사마외도들의 숫자는 모두 열셋, 섬서 무림인들의 분노가 어떠했는지를 말해주듯 그들은 하나같이 난자당해 죽었다.

그들 사이사이에는 비밀통로로 들어가기 위해 대기하고 있던 후기지수도 다섯이나 쓰러져 있었다. 사마외도들의 손속 또한 잔인하기 짝이 없어서 모두 즉사한 상태였다.

그때, 계단으로 뛰어 올라갔던 남궁휘가 얼굴에 온통 피칠을 한 채 흑풍조를 이끌고 돌아왔다. 부상이 심각한 와중에도 불구하고 직접 흑풍조를 이끌어야 할 만큼 앞서의 상황이 다급했던 것이다.

"어떻게 됐나?"

홍쌍표가 물었다.

"모두 제거했습니다만, 놈들이 충목으로 성문을 부수고 있는 것 같습니다."

혼전이 벌어졌을 때부터 시작해 지금도 계속해서 성을 쩌렁쩌렁 흔들어대는 저 굉음이 성문을 부수는 소리였나 보다. 성문이 부서지면 놈들이 파도처럼 밀려와 장개산을 에워쌀 것이다.

"다들 서두르지."

남은 사람들은 이제 열다섯, 사람들은 서둘러 비밀통로로 들어가기 시작했다. 노강호들과 섬서 무림인들이 모두 들어 가자 흑풍조의 차례가 되었다.

일단 동혈로 들어가면 불을 밝힐 수가 없다.

한꺼번에 많은 사람들이 좁은 공간으로 몰리면서 공기가 희박해지기 때문이다. 숨쉬기도 모자라는데 횃불을 태울 공기가 어디에 있겠나.

해서 어둠 속에서도 전방의 상황을 잘 파악할 수 있도록 가장 눈이 밝은 적인명이 앞장을 섰다. 다음엔 상황을 판단하고 그때그때 명령을 내리기 위해 남궁휘가 뒤를 따랐고, 백건악과 구양소문이 차례로 그 뒤를 이었다.

이제 설강도와 빙소소만 남았다.

빙소소는 발을 다친 설강노가 먼서 내려갈 수 있도록 마지막 남은 횃불을 가까이 밝혀 주었다. 동혈 속으로 가슴까지 몸을 밀어 넣던 설강도가 동작을 멈추고 말했다.

"너도 어서 횃불을 끄고 내려올 준비를 하지. 여기서 운대산 기슭까지는 짧은 거리가 아닌데, 휴우, 마음 단단히 먹어야겠다."

"전 가지 않을 거예요."

"무슨… 말이야?"

"제 짐작이 틀리지 않다면 그는 야신을 처치한 후 마차를 타고 다시 개활지를 질주하려 들 거예요. 혼자서 적들과 싸우며 마차까지 몰 수는 없어요. 마차를 몰아줄 사람이 필요해요."

설강도는 정신이 번쩍 들었다.

말 오십 필에 마차를 다섯 대나 준비하라고 한 이유가 그것 때문이었나 보다. 장개산은 말과 마차들로 놈들을 교란시킬 생각이었던 것이다.

"그렇다면 내가 남겠다."

설강도가 다시 밖으로 빠져나오려 했다.

빙소소가 설강도의 어깨에 가만히 손을 얹었다.

설강도가 밖으로 나오려다 말고 고개를 들어 빙소소를 바라보았다.

"오 년 전, 양산(陽山)에서도 이랬었겠죠?"

설강도는 흠칫 굳었다.

빙소소는 지금 창랑사우가 창랑육기로 불리던 시절 백골시마를 추격하던 어느 날 밤의 일을 말하고 있었다.

비가 추적추적 내리던 그 밤, 창랑육기는 도롱이 하나만 걸친 채 이백리 길을 달려 마침내 백골시마와 그 일당이 숨어 있는 것으로 짐작되는 폐사와 마주쳤다.

설강도는 기습을 가하기 직전 남궁휘와 나누었던 논쟁을
아직도 선명하게 기억했다.

"함정이야."

"무슨 뜻이야?"

"너무 쉬워. 지난 열흘 동안 놈들은 한 번도 모습을 드러낸 적
이 없어. 이게 우연이라고 생각해?"

"하고 싶은 말이 뭐야?"

"놈들은 우리가 꽁무니까지 추격해 왔다는 걸 알고 있어. 그런
데 여기서 불을 피워? 이건 함정이야."

"놈들의 종적을 마지막으로 발견했을 때 우리는 백 리 이상 떨
어져 있었어. 산길 백 리면 빠른 걸음으로도 하루 거리야. 거기에
놈들이 지금까지 온 거리까지 합하면 이백 리는 족히 넘어. 우리
가 이백 리를 이틀이나 쉬지 않고 추격해 왔을 거라고는 절대 생
각 못해. 그래서 안심을 한 거고."

"기다리자."

"여자아이가 인질로 잡혀 있다는 걸 잊었어?"

"살아야 아이도 구할 수 있다."

"그사이 놈들이 아이를 죽이기라도 하면?"

"반 시진, 반 시진만 기다려 보자."

"놈들이 화전민 일가족을 죽이고 도주하는 데 반 각이 걸렸다."

"강도!"

"나는 가겠다."

설강도는 지금 당장 기습할 것을 고집했고, 남궁휘는 끝까지 만류했다.

두 사람의 대립은 백건악, 구양소문, 적인명이 남궁휘의 손을 들어주면서 일단 기다리는 쪽으로 무게가 실리는 듯했다. 하지만 빙운룡이 끼어들면서 상황이 반전되었다.

"나도 휘와 같은 생각이다."

"운룡, 너까지……!"

"하지만 강도와 함께 가겠다."

"뭐?"

"휘, 건악, 소문, 인명, 너희 넷은 우리가 실패할 경우를 대비해 여기서 기다려라. 만약에 정말로 함정이라면 누군가는 살아남아서 여자아이를 구해야지. 안 그래?"

"그렇다면 내가 가겠다."

"아니, 내가 가겠어."

"무슨 소리, 내가 간다."

"웃기고들 자빠졌네. 무식하게 돌파하는 거라면 나 구양소문이 최고지. 다들 꺼져."

"강도의 사혼구검(死魂九劍)과 어울리어 가장 위력을 낼 수 있는 건 나의 원공검(猿公劍)이다. 이점 이견이 없겠지?"

남궁휘, 백건악, 적인명, 구양소문이 앞다투어 설강도와 함께 가겠다고 했지만, 그들의 말은 운룡의 한마디에 간단하게 묵살당해 버렸다. 그리고 운룡은 다시 돌아오지 못했다.

"선배가 아직도 제 눈을 똑바로 보지 못한다는 것 아세요? 제 이름을 부르는 일도 없고, 뭔가 할 말이 있을 때는 꼭 혼잣말처럼 중얼거리거나 애꿎은 구양 선배에게 돌려 말하고……. 이제 그만하셔도 돼요."

"……?"

"한때는 선배가 죽이고 싶도록 미웠던 적이 있어요. 만약 그날 오라버니가 선배를 따라가지 않았다면 어떻게 되었을까? 오라버니는 남궁휘 선배의 말이 옳다고 생각했으면서 왜 선배와 함께 갔을까?"

"……."

"하지만 이젠 이해할 수 있을 것 같아요. 오라버니는 무슨 말을 해도 선배가 고집을 꺾지 않을 거라는 걸 알았어요. 그래서 차마 혼자 보낼 수 없었던 거죠. 그건 오라버니의 선택이었어요. 그리고 지금은 제가 그와 함께 남기로 선택을 한 거고요."

"그러니까 내가 가겠……."

"오라버니가 죽은 후 선배의 그렇게 활기찬 모습 처음 봤어요. 그가 오라버니의 빈자리를 채워주었기 때문이겠죠?"

"소소……."

"오라버니를 오랫동안 기억해 줘서 고마워요."

설강도는 텅 빈 눈동자로 빙소소를 응시했다. 빈운룡이 죽은 이후 처음으로 이렇게 오랫동안 그녀의 눈을 바라보는 것 같다.

그리고 그 옛날 자신이 그랬고, 빙운룡이 그랬던 것처럼 무슨 말을 해도 빙소소의 고집을 꺾을 수 없다는 걸 알 수 있었다.

"녀석을… 꼭 살려다오."

설강도가 말했다.

빙소소는 맑게 웃으며 고개를 끄덕여 주었다.

설강도가 사라지자 빙소소는 재빨리 항아리를 들어 옮겨 비밀통로의 입구를 막았다. 그리고 항아리에 담긴 물 속에 횃대를 넣어 마지막 남은 불을 꺼버렸다.

*   *   *

펑! 펑! 펑! 펑!

야신의 권장은 이제 일방적으로 장개산을 난타할 지경에까지 이르렀다. 양팔을 구부려 가까스로 머리와 상체를 보호해 보지만 팔이라고 해서 내 것이 아닌 건 아니었다.

뼈를 타고 올라온 충격은 고스란히 어깨와 척추로 전해졌다. 몸이 통째로 부서질 것 같은 엄청난 고통, 거기에 내가중수법의 내력까지 실리자 압력을 이기지 못한 핏줄이 터져나갈 것만 같았다.

하지만 딱 거기까지였다.

살짝만 스쳐도 암경이 육골(肉骨)에 침투, 내장을 순식간에 곤죽으로 만들어 버리는 무시무시한 백솔소혼장이 어쩐 일인지 장개산에겐 통하지 않았다.

내부로 침투해 온 사이한 기운으로 말미암아 몸 안의 진기가 미친 듯이 요동칠 뿐.

한편, 거듭되는 난타에도 불구하고 장개산을 쓰러뜨리지 못한 야신은 아연실색했다.

일생의 공력이 담긴 권장이 아니던가.

천하무림인들이 이름만 듣고도 벌벌 떠는 백골소혼장이 아니던가.

지금쯤 내장이 가닥가닥 끊어지다 못해 곤죽으로 흘러야 정상이거늘 놈의 몸은 마치 강철로 만들어진 듯 꿈쩍을 하지 않았다.

전날 서호에서 일전을 겨루었을 때도 그랬다. 때려도 때려도 죽지 않고 다시 일어서는 놈의 놀라운 맷집에 야신은 놀라움을 금치 못했다.

이름조차 없는 일개 천둥벌거숭이에게도 통하지 않는 권장이라니! 이후 그날의 치욕을 잊지 못하고 뼈를 깎는 수련 끝에 자신의 무예를 한 단계 진일보시켰다.

한데 놈 역시 더욱 강해져 돌아왔다.

위력이 훨씬 증강한 백골소혼장에도 놈은 오롯이 견뎠다. 이는 쓰러지기라도 했던 예전과는 차원이 다른 성취였다. 그나마 놈에게 반격의 기회를 주지 않고 시종일관 일방적인 공세를 퍼붓고 있다는 게 다행이라면 다행이었다.

그러나 그마저도 시간이 많이 남지 않았다. 계속해서 쿵쿵거리고 있는 저 성문이 부서지면 벽사룡이 수하들과 함께 들이닥칠 것이다.

듣기로 벽사룡은 단장애에서 장개산과 격돌했고, 어느 쪽도 승기를 잡지 못한 채 물러났다고 했다.

이는 일인지하 만인지상의 권위를 지닌 벽사룡에게는 치욕적인 일이었다. 벽사룡은 절대로 장개산을 양보하지 않으려 들 것이다.

그렇게 되면 놈을 죽일 기회가 사라지고 만다.

방법은 하나다.

놈의 급소를 찾아 단숨에 쳐 죽이는 것!

외공을 극한까지 익힌 금강불괴지신이라고 할지라도 단 한군데 급소는 있다. 흔히 천령개(天靈蓋)라고 부르는 정수리의 백회혈(百會穴)이 그것이다.

백회혈은 우주의 정기를 받아들이는 숨구멍 자리이기 때문에 외공으로도 단련시킬 수 없다. 단련을 하는 순간 백치가 되어버리는데 어떻게 단련할 것인가.

백골소혼장에 내가중수법의 무리를 담아 내리치면 제아무리 놈이라고 할지라도 뇌 속에서 폭발이 일어나 죽을 수밖에 없다.

문제는 놈의 체구가 너무나 커 땅에 발을 붙이고서는 그 어떤 각도로도 백회혈을 가격할 수 없다는 점이었다.

파파파곽!

야신은 놈의 하박을 파고들며 권장을 난사했다.

지금까지와는 비교도 할 수 없는 폭풍 같은 공세에 놈이 상체를 더욱더 숙이고 양팔로 가슴을 감쌌다. 같은 권장을 뿌려서는 도저히 속도를 따라잡을 수 없다는 걸 깨닫고, 급소를 보호하는 쪽을 택한 것이다.

그 순간, 야신은 바닥을 짧게 박찼다.

격보(隔步)!

지면으로부터 반 장쯤 떠오르는 순간 활짝 열린 놈의 정수리가 보였다.

"죽어랏!"

야신은 필생의 공력이 담긴 일권을 내질렀다. 육중하게 내리꽂는 주먹에 시퍼렇게 어리는 기운은 백골소혼장의 권기(拳氣)였다.

그때, 야신은 움츠리고 있던 장개산의 양팔이 활짝 펼쳐지는 것을 보았다. 무언가 잘못되었다고 느끼는 순간, 놈의 주먹이 도저히 그럴 수 없는 움직임과 각도로 솟구쳐 올라왔다.

꾸앙!

천둥 같은 굉음과 함께 장개산의 머리 위 한 자쯤에서 두 개의 주먹이 격돌했다. 자신만만했던 권기는 정체를 알 수 없는 미지의 기운과 충돌하더니 믿을 수 없게도 산산이 깨져 버렸다.

그리고 찾아오는 고통. 주먹을 구성하고 있는 모든 뼈가 으스러진 것 같았다. 이어 팔목이 부러지고, 어깨가 터져 나갔다. 충격은 척추를 타고 고스란히 아래로 이어졌다.

도저히 믿을 수 없는 상황에서 더욱 믿을 수 없는 일이 일어났다.

접권의 순간 반탄력에 의해 허공으로 솟구치는 자신의 다리를 무언가 덥석 잡아채는 것이 아닌가. 흡사 무슨 고대의 괴수에게 물린 것 같은 느낌, 그때부터 그의 몸은 더 이상 자

·신의 것이 아니었다.

　계속되는 공세에도 불구하고 장개산이 제대로 된 반격을 하지 못하자 야신은 방심한 나머지 허공에 몸을 띄우는 실수를 범했다.

　본시 일격은 일 틈을 허용하는 법이다.

　하물며 도약은 체공을 해야 하는 특성상 그 어떤 초식을 펼치더라고 시간이 걸릴 수밖에 없다. 야신 또한 본능적으로 격보라는 짧은 도약을 선택했지만 장개산에겐 그거면 충분했다.

　야신의 다리를 잡아채는 데 성공한 장개산은 승부가 끝났음을 직감했다. 천하의 어떤 고수라도 체공 상태에서는 힘을 쓸 수가 없다. 위력적인 것은 도약의 힘을 집중시킨 최초의 일격뿐.

　장개산은 야신을 바닥에 힘차게 패대기쳤다.

　야신은 노련했다. 머리통이 내리꽂히는 순간 그는 바닥을 향해 좌장을 떨쳐 그 반동으로 장개산의 압제에서 벗어나려고 했다.

　하지만 장개산의 괴력은 지지할 곳이 없는 상태에서 뻗은 일장으로 감당할 수 있는 것이 아니었다. 야신이 할 수 있는 것이라곤 반탄력을 이용해 고개를 꺾을 틈을 만들어내는 정도에 불과했다.

퍼억!

둔중한 충격음과 함께 야신의 고개가 앞으로 꺾였다. 어깨로 모든 충격을 받아냈으니 뼈가 무사할 리 없었다. 지금쯤 척추가 통째로 부러지는 듯한 고통이 느껴지리라.

장개산은 그 상태에서 야신을 번쩍 들어 올린 다음 허공에 살짝 띄웠다. 척추에 막대한 충격이 가해진 야신에게선 더 이상 조금 전의 그 질풍 같은 움직임을 찾아볼 수 없었다.

장개산은 반쯤 정신이 나간 야신을 오른쪽 어깨로 들이받은 다음 일갈과 함께 질풍처럼 내달렸다.

"으아아!"

목표는 계속해서 적들이 충목을 부딪혀 오고 있는 성문.

쿠웅!

성문이 부서질 것처럼 울어댔다.

장개산이 야신을 어깨에 짊어지고 성문을 들이받은 것과 성문 밖에서 충목이 충돌한 것은 동시에 벌어진 일이었다. 성문을 뚫고 들어온 충목이 야신의 등을 뚫어버린 것 또한 동시였다.

"커헉!"

외마디 비명과 함께 야신의 몸이 한순간 비틀렸다.

야신은 숨이 턱 막히는 충격을 느끼며 고개를 천천히 아래로 떨구었다.

뾰족하게 깎은 충목의 머리 부분이 자신의 아랫배를 한 뼘이나 뚫고 나와 있었다. 시뻘겋게 물든 충목의 머리를 보는 순간, 야신은 자신의 생애가 끝났음을 깨달았다.

순간, 바깥의 적들이 야신의 배를 뚫은 줄도 모르고 충목을 빼내려고 했다. 하지만 꽉 낀 충목이 잘 빠지지 않자 이리저리 꺾고 비틀었다.

그 바람에 야신의 배에서 내장 조각이 섞인 피가 줄줄 흘러내렸고, 사지는 고통으로 바르르 경련을 일으켰다. 이 지경이 되도록 숨이 끊어지지 않는 것이 기이할 지경이었다.

시간이 얼마 남지 않았음을 직감한 야신은 고통스러운 와중에도 고개를 들어 장개산을 바라보았다. 반백 년이 넘도록 강호를 주유한 자신의 생애에 종지부를 찍어준 인간이 아닌가.

마지막 순간까지 놈의 얼굴을 자신의 두 눈에 깊이 박아둘 작정이었다. 그래야 저승에 가서도 잊지 않을 테니까. 그래야 내생에서 놈을 알아볼 테니까.

"이렇게 죽으려니 억울한가?"

장개산이 물었다.

야신은 눈까풀을 파르르 떨 뿐 아무런 말도 하지 못했다.

"일 년 전 누군가도 그랬지. 더러운 흙탕물 속을 뒹굴면서도 언젠가는 모두가 우러러 보는 검사가 되기 위해 누구보다

열심히 살았다. 그녀가 자신의 생(生)을 얼마나 소중하게 생각했는지 모를 거야. 그러니 당신은 억울해하면 안 돼."

"끄… 크… 카……."

"아무 말도 하지 마. 그냥 조용히 가."

"끄… 꼭… 함케…… 태허… 나자……."

그게 야신이 이승에서 남긴 마지막 말이었다.

그의 고개가 떨구어지는 순간 배를 뚫고 나왔던 충목이 쑥 빠져나갔다. 성문에 발라져 있던 야신의 몸도 털썩 하고 떨어졌다.

마침내 야신을 죽였다.

청옥산을 나와 천일유수행을 시작한 이후 누군가를 이토록 강렬하게 죽이고 싶었던 적이 있었던가. 장개산은 비로소 가슴속에 맺혀 있던 응어리가 풀리는 것 같았다.

조용히 하늘을 올려다보았다.

'아는지 모르겠는데, 당신은 나의 첫 번째 벗이었어. 그리고… 여자였지. 멍청하게도 나중에 그걸 알았지만 말이야. 이젠 다시 하늘을 올려다보지 않을 거야. 잘 지내라고.'

지난여름 인간이 알지 못하는 우주의 어떤 기운이 두 사람을 항주에서 만나게 했고, 헤어지게 만들었다. 하지만 장개산은 오늘에서야 비로소 빙소화를 보내주었다.

어쩌면 한 번쯤은 같은 생(生)에 다시 태어날지도 모른다.

그땐 서로를 알아보지 못할 것이다. 알아보지 못하더라도 그녀를 다시 만나 벗이 되어 함께 강호를 주유할 수만 있다면 얼마나 좋을까.

빙소화와 작별 인사를 한 장개산은 바깥에 있는 자들과의 일전을 위해 재빨리 움직였다.

가장 먼저 한 일은 한쪽 구석에 모아둔 항아리들을 마차에 던져 깨뜨리는 것이었다. 항아리들은 놈들이 성안을 불태우기 위해 던진 것을 흑풍조가 깨지지 않도록 받아낸 것들이었다. 항아리에서 흘러나온 기름이 마차를 흠뻑 적셨다.

마차를 기름 범벅으로 만든 다음에는 튼튼한 말들을 끌어다 각 네 마리씩 마차에 묶었다. 놈들이 가져온 활들 중 가장 튼튼해 보이는 것 두 자루를 하나로 묶어 두 배의 위력을 지닌 강궁으로 만들었다. 마지막으로 마차 한 대를 골라 화살 백여 대를 안쪽 바닥에 빼곡하게 박아두는 것으로 모든 준비가 끝났다.

"와라, 개자식들아!"

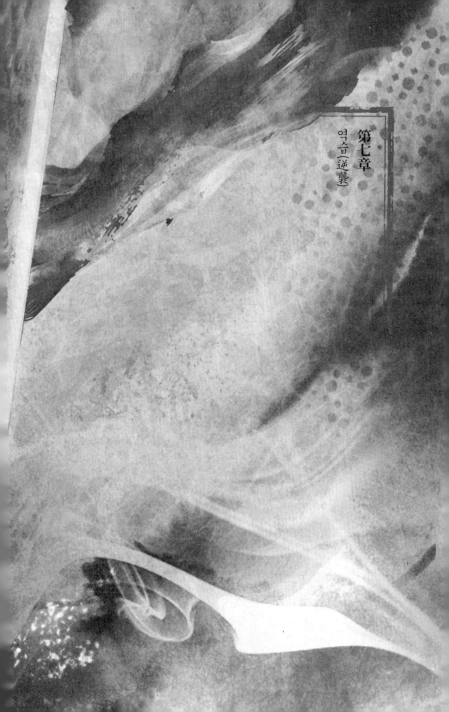

第七章
역습(逆襲)

　콰앙!

　우람한 충목을 견디지 못한 성문이 폭탄이라도 맞은 것처럼 터져 나갔다. 무너지는 성문 너머로 충목을 양쪽에서 나눠 든 이십여 명의 역사가 등장했다.

　역사들은 성안에 아무도 없는 것이 이상한지 의아한 표정을 지었고, 이어 자신들의 발아래 야신이 죽어 있는 것을 발견하고는 경악했다. 성안을 향했다가 야신을 향했던 그들의 시선은 세 번째로 향한 곳은 저만치 횃불을 든 채 서 있는 장개산이었다.

역사들이 무언가 이상한 낌새를 알아차리는 사이, 성안에서 벌어지는 일을 알 리 없는 개활지의 사마외도들은 마침내 성문이 뚫리자 함성을 지르며 달려왔다.

"와아아아!"

장개산이 횃불을 바닥에 던진 것도 동시였다.

공터엔 앞서 놈들이 던진 항아리로 말미암아 사방이 기름 웅덩이였다. 화르륵 번진 불길은 순식간에 다섯 대의 마차에까지 옮겨 붙었다. 사방에서 불길이 치솟자 놀란 말들이 미쳐 날뛰기 시작했다.

그중 성문 가까이 있던 말들이 밖으로 뛰쳐나갔다. 일단 몇 마리가 움직이자 무리의 본성이 남아 있는 말들이 일제히 성문을 뚫고 개활지를 향해 달렸다. 마차에 묶인 말들도 질주를 시작했다.

장개산은 미리 문을 열어둔 하나의 마차에 뛰어들었다. 그가 탄 마차 역시 불길에 휩싸이는 중이었고. 화염은 머리카락을 태울 정도로 거셌다. 하지만 철갑이 화기가 안으로 침투하는 걸 어느 정도는 막아주리라.

길게도 필요없다.

이천여 명의 사마외도가 포진한 저 개활지를 통과할 정도까지만 버텨주면 된다. 장개산은 문을 힘차게 닫고 마차에 몸을 맡겼다.

이히힝!

두두두두!

말의 울부짖음과 발굽 소리가 천지를 뒤흔들었다.

앞쪽에 뚫린 구멍을 통해 보이는 광경은 참혹하기 짝이 없었다.

몸에 붙은 근육으로 보건대 충목을 들고 성문을 막아선 역사들은 하나같이 힘에 관한 한 둘째가라면 서러울 거한들이었다.

하지만 그들의 용력도, 일신에 익힌 무공도 운신의 폭이 좁은 상황에서는 미쳐 날뛰는 오십여 필의 말을 막기에 역부족이었다. 어떤 자들은 말발굽에 채이고, 어떤 자들은 충목에 발이 깔려 쓰러졌으며, 어떤 자들은 마차에 갈려 버렸다.

성문을 향해 새까맣게 몰려오던 사마외도들은 느닷없이 튀어나와 미친 듯이 날뛰는 말과 마차를 발견하고 당황한 기색이 역력했다.

뒤쪽에서 밀려오는 힘으로 말미암아 운신의 폭이 좁은 선두의 일부는 앞서 성문을 뚫었던 역사들이 그랬던 것처럼 말발굽에 치이거나 마차에 깔려 죽었다.

사람들이 가까스로 진격을 멈추고 정신을 차렸을 때는 오십여 필의 말과 마차가 성문 주변에 가득한 대열을 가르며 사방으로 돌진하는 중이었다.

마부가 없는 마차는 제멋대로 달릴 수밖에 없었고, 이는 사람들을 더욱 당혹케 만들었다.

그때 장개산의 귓가로 놈들의 고함이 들렸다.

"북천대주께서 전사하셨다!"

"놈들이 마차에 탔다!"

"마차를 추격해라!"

누군가에게서 터져 나온 우렁찬 일갈에 사마외도들은 일제히 다섯 갈래로 갈라져 마차를 추격해 갔다. 사마외도들은 장개산을 포함한 창월루의 생존자들이 모두 마차에 구겨 탔다고 생각한 모양이었다.

이천여 명이 다섯 무리로 나뉘어 졌으니 장개산이 상대해야 할 적 병력의 숫자기 순식간에 사백여 명으로 줄어든 셈이었다.

하지만 사백도 충분한 위협이 되었다.

놈들의 반응은 여기저기서 끌어모은 사마외도들이라고는 믿을 수 없을 만큼 기민했다. 성문으로부터 채 이십여 장을 벗어나기도 전에 한 무리의 사마외도가 장개산이 탄 마차 주변으로 모여들었다.

적지 않은 수가 마차와 함께 말을 달리며 이쪽으로 건너뛸 기회를 엿보았고, 어떤 자들은 강전을 쏘아댔다. 하지만 치솟는 화염으로 말미암아 마차로 뛰어드는 것은 불가능했다.

강전이 계속해서 날아들기는 했지만 철갑에 튕겨나면서 불꽃과 함께 땅땅 소리만 요란하게 울렸다. 마차를 뚫는 것이 불가능하다는 것을 알아차린 다음에 놈들이 한 일은 말을 노리는 것이다.

사실 놈들은 처음부터 말을 노렸어야 했다.

단숨에 장개산을 죽일 욕심에 철갑을 둘렀다는 것도 잊은 마차로 화살을 쏜 것이 놈들의 실책이었다. 그 바람에 마차는 어느새 삼십여 장을 돌파하고 있었다.

이제 다른 방향으로 달린 마차 네 대와의 거리는 더욱 벌어졌고, 그 마차의 뒤를 추격해 간 일천육백여 명의 사마외도와의 거리 역시 적지 않게 벌어졌다. 놈들이 빈 마차라는 걸 알아차리고 다시 말머리를 돌려 추격해 올 때쯤이면 장개산이 탄 마차는 이미 개활지의 대부분을 가로질렀을 것이다.

이제 모습을 드러낼 때가 되었다.

장개산은 마차의 천장을 향해 일장을 날렸다.

펑!

굉음과 함께 마차의 지붕이 터져 나갔다.

훅 불어닥친 바람을 견디지 못한 지붕이 화염에 휩싸인 채 후방으로 벼락처럼 날아가 떨어졌다.

말을 탄 채 뒤를 바짝 추격하고 있던 다섯 명의 사마외도가 미처 어떻게 해볼 틈도 없이 날아오는 마차의 지붕에 맞아 추락해 버렸다.

떨어져 나간 지붕 위로 상체를 드러낸 장개산은 좌우의 무리 속에 숨어 있는 궁사들을 향해 강전을 쏘아댔다. 바닥에 꽂아둔 화살을 뽑아 시위에 걸고, 당기고, 쏘는 동작은 그야말로 번개와 같았다.

쇄액쇄액 소리가 요란하게 울리길 잠시, 말을 위협하며 화살을 재던 궁사 다섯 명이 눈 깜짝할 사이에 말에서 떨어졌다.

떨어져 나뒹구는 자들은 그 자체로 장애물이 되었고, 뒤를 바짝 추격하던 사마외도 몇 명이 쓰러진 말과 동료들에게 걸려 또다시 쓰러지길 반복했다.

잠깐 사이에 수십여 명이 줄줄이 낙마했다.

장개산의 활은 쉴 틈이 없었다.

두 자루를 하나로 묶어 위력을 배가시킨 활은 바위도 뚫을 듯한 강전을 계속해서 토해냈다. 그때마다 말을 노리던 궁사들이 여지없이 쓰러졌다.

일 발에 한 명씩, 실수는 없었다.

그러나 궁사들의 숫자가 너무 많았다.

픽! 소리와 함께 선두에서 달리던 말 한 마리가 목에 살을 맞았다.

이히히힝!

놀란 말이 크게 울부짖더니 앞으로 고꾸라졌다.

하필이면 급소였던 모양. 그 바람에 이번엔 뒤에서 달리던 말이 쓰러진 앞말에 발이 걸려 넘어졌다.

털썩! 하는 굉음과 함께 커다란 몸뚱어리가 바닥을 쓸면서 한바탕 먼지가 휘몰아쳤다.

눈 깜짝할 사이에 두 필의 말이 쓰러졌지만 나머지 두 필은 여전히 전속력으로 질주했다. 그 바람에 쓰러진 두 필의 말은 미친 듯이 울부짖으며 끌려갔고, 균형을 잃은 마차는 금방이라도 뒤집어질 것처럼 요동쳤다.

주춤하는 사이 두 번째로 쓰러진 말이 가까스로 일어나 다시 달리긴 했지만 오히려 독이 되었다. 끄는 힘이 더욱 거세진 데다 다시 일어난 뒷말이 발에 걸리는 앞말의 사체를 피하느라 미쳐 날뛰면서 마차는 이제 풍랑 위의 돛단배처럼 널을 뛰었다.

이대로 가다간 마차가 전복될 게 분명했다.

장개산은 앞뒤 생각할 겨를도 없이 마차와 쓰러진 말을 연결한 밧줄을 향해 화살을 쏘았다. 핑! 소리와 함께 강전이 날아갔지만 엉뚱한 땅바닥만 뚫고 박혔다.

흔들리는 마차 위에서 역시나 흔들리는 밧줄을 화살로 쏘아 끊어버리는 건 쉬운 일이 아니었다.

하지만 방법은 그것밖에 없었다.

장개산은 숨을 멈추고 다시 한 번 화살을 쏘았다.

핑!

천운으로 두 번째 화살은 밧줄을 스쳤다.

팅! 소리와 함께 세 가닥으로 꼬인 밧줄의 한 가닥이 끊어지는가 싶더니 나머지 두 가닥도 마차의 무게를 견디지 못하고 끊어졌다.

밧줄에 매달려 하얀 먼지를 일으키며 끌려가던 앞말의 사체가 떨어져 나간 것도 동시였다. 한데 이번엔 마차가 말의 사체를 타고 넘으면서 마차의 오른쪽 바퀴가 허공으로 반 장이나 솟구쳤다.

장개산은 재빨리 오른쪽으로 몸을 던져 무게중심을 이동시켰다. 마차는 거의 쓰러질 것처럼 옆으로 기울다가 가까스로 다시 바닥에 쿵 소리를 내며 떨어져 달렸다.

한데 이번엔 마차가 개활지를 가로질러 직선으로 달리지 않고 크게 반원을 그리며 우회하기 시작했다. 오른쪽에서 달리던 말 한 필이 사라지면서 힘의 균형의 무너진 탓이다.

이대로 계속해서 달리면 개활지를 벗어나기는커녕 한 바퀴를 빙 돌아 처음 출발했던 장소로 되돌아가게 된다. 이것이야말로 최악의 상황, 한데도 장개산은 아무런 손을 쓸 수가 없었다.

뿌연 먼지가 사라지고 마차와 말이 다시 모습을 드러내자

적진 사이로 궁사들이 화살을 겨누는 모습을 포착했기 때문이다. 저들을 상대하느라 말을 몰 틈이 없었다.

핑! 핑! 핑! 핑!

쉴 새 없이 화살을 쏘아 궁사들을 쓰러뜨리는 사이 좌방에선 돌격창을 앞세운 장한이 마차를 끄는 말들을 향해 전속력으로 돌진해 오고 있었다.

말을 달리는 것도 그렇거니와 일 장에 달하는 돌격창을 든 기도가 예사 인물이 아니다.

우방에선 떡 벌어진 어깨를 가진 털북숭이가 머리 위로 유성퇴(遊星槌)를 질풍처럼 휘두르며 달려왔다. 필시 저 물건으로 말머리를 후려쳐 죽일 모양, 함성과 소음이 진동하는 와중에도 대기를 찢는 유성퇴의 소리가 또렷하게 들렸다.

말이 쓰러지면 마차를 잃게 되고, 마차가 멈추면 장개산은 홀로 저 많은 적들과 싸워야 한다.

지금도 다른 마차를 전복시키고, 그곳에 아무도 타고 있지 않음을 깨달은 개활지의 다른 적들이 유일하게 질주하고 있는 장개산의 마차를 향해 전속력으로 달려오는 중이었다.

사방에 퍼져 있던 이천여 명의 사마외도가 단 한 사람을 죽이기 위해 벌 떼처럼 달려오는 형국, 장개산이 제아무리 괴수와 같은 용력을 지녔다고 해도 홀로 저 많은 적들과 싸워 이길 수는 없다.

하물며 저들 이천여 명 중에 야신과는 비교도 할 수 없는 미지의 강자들이 적지 않게 섞여 있을 것을 감안하면 백병전은 자살행위나 다름없었다.

해서 최우선 순위는 말을 지켜 돌파력을 유지하는 것이었다. 활로 말을 엄호하는 데만 신경 쓸 수 있도록 철갑 두른 마차를 요구하고 요구했고, 마차에 불까지 지른 것이 아니던가.

일단은 말부터 지켜야 한다.

팡! 팡! 팡! 팡!

시위가 연달아 끊어질 듯 울어대며 강전을 토해냈다.

다행히 궁술이라면 자신이 있었다.

궁사들은 너무나 간단하게 죽어 버렸다.

돌격창을 들고 돌진해 오던 자는 이마를 꿰뚫려 죽었다. 유성퇴를 휘두르며 달려오는 자는 심장을 꿰뚫려 즉사했다. 그러고도 강전은 힘이 죽지 않아 그들의 뒤쪽을 따르던 사마외도를 하나씩 더 쓰러뜨리고서야 멈췄다.

그사이 마차는 애초 목적으로 했던 방향에서 한참이나 벗어나 동쪽으로 달리고 있었다. 하필이면 다른 마차를 추격했던 적들이 새까맣게 몰려오고 있는 쪽이었다. 마차의 방향을 잡지 못하면 전방에서 달려오는 적들에게 죽을 판이고, 좌우에서 돌진해 오는 자들을 잡지 않으면 놈들에게 말을 잃을 판이다.

그야말로 백척간두에 진퇴양난이었다.

그 순간, 장개산은 믿을 수 없는 광경을 목격했다.

자신이 탄 마차의 아래로부터 무언가 꾸물꾸물 기어나오는 것이 아닌가. 그림자는 마차와 말을 연결한 중목(中木)을 타고 전광석화처럼 튀어나가더니 선두를 이끄는 가장 힘센 말의 잔등에 척 올라탔다.

마차를 끄는 말에 고삐가 있을 리 없다.

그림자는 두 다리를 말의 배에 착 밀착시킨 상태에서 두 팔로 갈기를 힘차게 잡아끌었다. 그러고는 말의 배를 힘차게 박차며 소리쳤다.

"끼랏!"

"빙소소!"

장개산은 저도 모르게 신음을 흘렸다.

결정적인 순간 마차 아래에서 튀어나와 기가 막힌 기마술을 선보인 사람은 다름 아닌 빙소소였다. 지금쯤 비밀통로를 통해 금화선부를 빠져나가고 있어야 할 그녀가 왜 마차 아래에서 기어 나오는 걸까?

장개산은 몰랐지만 빙소소는 설강도와 헤어진 후 공터로 달려 나왔다가 장개산이 마차에 불을 붙이는 것을 보았다.

놀란 말들이 미쳐 날뛰었고, 잠시 후 장개산이 불타는 마차에 뛰어 들어 함께 성문을 빠져 나가는 것이 아닌가.

빙소소는 무얼 어찌해 볼 틈도 없이 달려가 장개산이 탄 마차에 매달렸다. 그러곤 마차의 불길과 새까맣게 몰려오는 적들의 눈을 피해 일단 아래로 기어 들어간 다음 벽호공을 펼쳐착 달라붙어 있었다.

마차는 어느새 방향을 꺾어 다시 개활지를 질주하기 시작했다.

잠깐 주춤하는 사이 정면에서 닥쳐오던 수백의 사마외도는 이제 마차의 측면으로 노리고 돌진했다. 우방에선 처음부터 추격해 오던 자들이 각종의 병장기들을 앞세우고 달려왔다.

양 진영과의 거리는 불과 대여섯 장. 제아무리 빠르게 연사를 하더라도 이미 활로는 감당할 수 없는 숫자였다. 장개산은 불타는 마차의 좌우를 둘러싸고 있는 철갑판들을 차례로 뻥뻥 차 버렸다.

꽝음을 내며 터져나간 두 조각의 철갑판은 좌우에서 돌진해 오던 사마외도들을 덮치고 쓸었다.

놀란 말들이 허공으로 치솟고, 쓰러진 말에 뒤쪽의 말이 걸려 또다시 고꾸라지고 고꾸라졌다. 아까와 똑같은 상황, 달리는 마차의 주변엔 한바탕 아수라장이 펼쳐졌다.

뒤쪽에 아슬아슬하게 붙어 있던 철갑판은 지지대가 사라지자 맥없이 떨어져 나갔다. 남은 것은 이제 마부석과 연결된 앞쪽의 철갑판뿐, 마차는 훨씬 가벼워졌고 속도 또한 빨라졌다.

몸을 활짝 드러낸 장개산은 바닥에 고슴도치처럼 박혀 있는 화살을 재어 닥치는 대로 쏘아댔다. 용케도 철갑판을 피해 달려들던 적들이 픽픽 쓰러졌다.

적들은 동료가 죽어나가는 걸 지켜보면서도 집요하게 달려들었다.

목표는 마차를 끄는 세 필의 말과 빙소소였다. 그때마다 장개산은 파괴적인 궁술로 적들의 발목을 잡음으로써 빙소소를 엄호했다.

빙소소는 장개산의 든든한 엄호를 받으며 힘차게 말을 달렸다. 수십여 장을 달리는 동안 쓰러진 적들의 수만 해도 오륙십 명, 마차는 흡사 질주하는 살인기계와도 같았다.

하지만 모든 게 순조로운 것은 아니었다.

장개산은 마차가 달려가는 전방 이십여 장 밖에서 말을 탄 채 버티고 선 한 무리의 인영을 발견했다.

그들은 마차가 무시무시한 속도로 질주해 오고 있는데도 불구하고 눈 하나 깜짝하지 않았다. 그렇다고 마주 달려오지도 않았다.

그들은 단지 기다리고 있었다.

벽사룡와 육사부였다.

장개산은 마부석에 아슬아슬하게 매달려 있는 철갑판을 발로 뻥 차서 전방의 허공으로 날렸다. 긴 화염 꼬리를 만들며 수십여 장을 솟구친 철갑판은 정확하게 벽사룡과 육사부를 향해 날아갔다.

수백 근에 달하는 철갑판이 불길에 휩싸인 채 머리 위로 떨어지는데도 불구하고 누구 하나 피할 생각을 하지 않았다. 피하기는커녕 공처럼 둥그스름한 뚱보 노인이 선 자리에서 천중을 향해 가볍게 일 장을 뻗었다.

따앙!

철갑판은 뚱보 노인의 머리 위에서 굉음을 내며 다시 솟구쳤다. 하늘에서 떨어지는 오백 근의 철갑판을 오로지 일 장의 장력만으로 튕겨내는 보통의 경지가 아니다.

장개산은 눈을 번쩍 뜨지 않을 수 없었다.

뚱보 노인은 일지혼마 화녹천이 분명했다.

장개산은 몰랐지만 본시 천산에서 은거하던 기인으로 모종의 사공을 익히기 위해 양손 엄지를 제외한 여덟 손가락 모두를 잘라낸 지법의 고수였다.

그래서 별호도 일지혼마(一指滲魔)였다.

그가 조금 전 철갑판을 허공으로 쳐 올린 것도 일종의 지법이었는데 그 위력이 너무나 극강한 나머지 장개산이 장법으로 착각한 것이다.

놀랄 일은 거기서 그치지 않았다.

이번엔 은빛 투명한 잠사로 몸을 휘감은 중년의 여인이 벼락처럼 솟구치더니 떨어져 내리는 철갑판 위로 훌쩍 올라타는 것이 아닌가.

장개산은 자신의 눈을 의심했다.

솟구치는 철갑판도 아니고, 떨어지는 철갑판 위에 올라탄다는 것은 두 배의 속도가 필요한, 그야말로 지극히 비정상적인 일이다.

용모로 미루어 그녀가 바로 설산옥녀 요교랑이었다. 중년으로 보이는 얼굴과 달리 실제로는 칠순을 넘긴 노파다.

요교랑이 불타는 철갑판 위에 올라타자 이번엔 화녹천이 쌍장을 내질렀다.

파앙!

철갑판은 거센 불바람을 일으키며 마차를 향해 날아왔다. 정확하게는 마차를 끌고 달리는 말과 그 말을 탄 빙소소를 향해서였다.

불타는 철갑판을 타고 날아오는 노파라니!

장개산은 빙소소가 저 철갑판을 막을 수 없다고 판단했다. 백번 양보해서 철갑판을 막아낸다고 치자. 하지만 그녀의 실력으로는 죽었다 깨어나도 요교랑을 상대할 수 없었다.

마차를 버려야 할 때가 온 것이다.

"전속력으로 달려!"

장개산을 일갈을 내지르며 달리는 마차의 전방으로 뛰어
내렸다. 동시에 마차와 말을 연결하는 중목을 참마검으로 내
려쳐 절단한 다음 마차 쪽 부분을 천근추의 수법으로 힘차게
밟았다. 종목의 머리가 바닥에 처박히는 건 한순간이었다.

쿵!

갑작스러운 힘을 이기지 못한 마차가 뒤쪽에서부터 솟구
쳤다. 그사이 잘려 나간 종목의 머리 부분을 단단하게 움켜쥔
장개산은 대여섯 장 앞까지 날아온 요교랑을 향해 힘껏 던졌
다.

커다란 마차는 허공에서 반 바퀴를 돈 후 삼 장 높이에서
요교랑이 타고 온 철갑판과 충돌했다.

콰앙!

굉음과 함께 불똥이 터지며 파편이 사방으로 날아갔다. 철
갑판은 그 자체로 수백 근에 달하는데다 마차의 크기나 무게
또한 작지 않아서 충돌의 여파는 방원 대여섯 장을 쑥대밭으
로 만들 정도로 컸다. 하지만 요교랑은 충돌이 일어나기 직전
이미 바깥으로 튀어나간 후였다.

장개산도 이 한 수로 요교랑을 잡을 수 있을 거라는 생각은
하지 않았다. 그가 원한 것은 단지 빙소소의 안전이었다.

예상대로 요교랑은 공격의 기회를 놓쳐 버렸고, 빙소소는

마차와 철갑판이 충돌하는 아래를 홀가분해진 말을 타고 쏜살같이 지나가 버렸다.

장개산은 빗살처럼 신형을 쏘아 또 다른 말을 잡아탔다. 그러곤 전방의 노마두들을 우회해 질주하는 빙소소의 뒤를 바짝 따랐다. 머지않아 두 사람은 어깨를 나란히 한 채 말을 달릴 수 있었다.

"왜 돌아온 거요?"

장개산이 전속력으로 달리는 와중에 소리쳐 물었다.

"혼자 보내기 싫었어요."

"뭐라고 했소?"

"당신을 혼자 보내기 싫었다고요!"

순간, 엄청난 파공성과 함께 화살이 장개산의 볼을 스치고 지나갔다. 화끈한 불맛이 느껴지더니 이내 핏물이 볼을 타고 주르륵 흘러내렸다. 찰나의 순간 고개를 꺾지 않았다면 입을 좌우로 관통 당했으리라.

"우선 이곳을 빠져나갑시다."

"어떻게 하면 되죠?"

"북쪽에 보이는 전각을 향해 전속력으로 달리시오!"

북쪽 개활지의 가장자리에 아름드리 교목으로 가려 보이지 않던 커다란 전각이 있었다. 십여 장 높이로 솟아 개활지의 가장자리를 따라 달리는 전각은 마치 도성의 벽처럼 끝이 보이지 않았다.

그건 숫제 절벽이었다.

흔한 창문 하나 없이 꼭대기에 우람한 지붕만 얹은 저 건물은 금화선부 내에서 가장 큰 건물로 천여 명에 달하는 가병이 기거하는 청와각(靑瓦閣)이었다.

개활지 쪽에 창문을 내지 않은 것은 북풍을 막기 위함이고, 삼 층 십여 장에 이르도록 중간에 처마를 달지 않은 것은 사람들이 위층으로 기어오르지 못하게 하기 위함이었다.

한마디로 청와각은 유사시 금화선부를 침입해 온 적들로부터 창월루를 지키기 위한 일 차 방어선이었다.

물론 장개산은 그 사실을 까맣게 몰랐다.

빙소소는 아연실색했다.

저 거대한 건물은 큰 장애가 될 게 분명했다. 천하의 그 어떤 고수도 창문과 처마가 없는 십 장 높이의 매끈한 벽을 단숨에 타고 오를 수는 없다.

벽호공으로 벽에 구멍을 파면 오를 수는 있겠으나 지금은 한가하게 그러고 있을 상황이 아니지 않은가.

사방이 뚫린 공간을 찾아도 모자랄 판에 장개산은 왜 하필 앞이 막힌 곳으로 달리라는 걸까? 빙소소는 장개산의 의도를 전혀 이해할 수 없었지만 지금은 사정을 묻고 따질 때가 아니었다.

사실 앞이 트인 곳은 다른 마차를 추격해 갔던 적들이 이미 선점해 퇴로를 차단해 버린 탓에 북쪽의 전각은 적들이 지키지 않는 유일한 곳이긴 했다.

　그래도 달라질 것은 없겠지만 말이다.

　이제 남은 거리는 불과 이십여 장, 두 사람은 맹렬한 속도로 추격해 오는 이천여의 사마외도를 피해 전속력으로 질주했다. 죽고 사는 문제가 남은 이십여 장을 어떻게 달리느냐에 달려 있었다.

　찰나의 시간이 영원처럼 길게 느껴졌다.

　하지만 시간은 분명히 흘렀고, 두 사람은 머지않아 건물의 높다란 벽에 가로 막혔다.

　장개산은 벽을 만나자마자 말을 돌려 멈춰 세우더니 훌쩍 뛰어내려 적들을 향해 참마검을 꼬나쥐고 섰다. 빙소소 역시 그의 곁을 점하며 협봉검을 뽑아 들었다.

　그사이 적들은 새까맣게 몰려들어 두 사람의 주면을 에워싸기 시작했다. 이미 퇴로를 모두 차단하고도 말발굽 소리는 계속해서 울렸고, 머지않아 두 사람은 각종의 기형병기를 든 이천여 명에 달하는 사마외도에게 둘러싸여 버렸다.

　완벽한 외통수였다.

第八章
벽사룡의 기행(奇行)
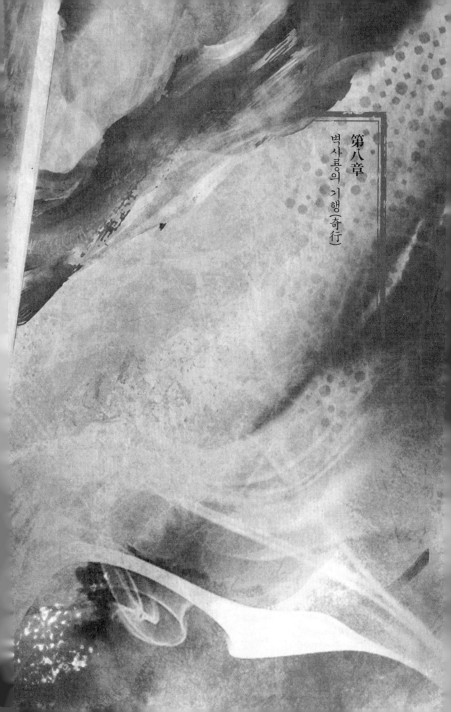

　어느 순간, 전방을 막아선 사마외도들이 썰물처럼 갈라지
면서 한 무리의 사람이 모습을 드러냈다.

　벽사룡과 육사부였다.

　"천년만년 살 것처럼 달아나더니 겨우 이곳인가?"

　벽사룡이 말했다.

　그는 마상에 앉았고, 장개산은 바닥에 내려섰기 때문에 벽
사룡이 장개산을 굽어보는 상황이었다.

　"여기선 적어도 등을 신경 쓰지 않아도 되지."

　장개산이 말했다.

전각이 높기에 놈들이 뒤에서 넘어올 수가 없다. 벽이 좌우로 길기에 옆을 파고들기도 어렵다. 적어도 이곳에선 전방의 적들만 상대하면 된다. 최악의 상황에서 유일하게 유리한 공간이었다.

"막다른 곳에 몰렸음을 스스로 인정하는군."

"다시 한 번 주장전으로 결판을 내자면 거절하겠지?"

"난 이제 더 이상 너희와 함께 술을 마시던 후기지수 벽사룡이 아니다. 나와 검을 논하려면 이들을 넘어야 한다."

"그건 네 생각이고. 조심해라, 벽사룡. 전투가 벌어지면 나는 가장 먼저 너를 쓰러뜨리기 위해 수단과 방법을 가리지 않을 것이다."

"하하하."

벽사룡이 갑자기 고개를 쳐들고는 앙천광소를 터뜨렸다. 창공이 북처럼 떵떵울리며 고막이 먹먹했다. 잠시 후, 벽사룡이 웃음을 뚝 그치며 말했다.

"인정한다. 너 같은 놈은 난생처음이다. 누군가를 죽여야 한다는 게 이렇게 안타까웠던 적은 처음이다."

"닥쳐라, 벽사룡. 너 따위가 좌지우지할 수 있는 목숨이 아니다."

"예를 갖추어라. 그는 이미 일세(一勢)를 이끄는 신분이다!"

뚱뚱한 체구에 살벌한 안광을 지닌 노인이 나직한 음성으로 말했다. 장개산이 던진 철갑판을 단 일 장으로 쳐서 허공으로 던져 버린 바로 그 노인, 일지혼마 화녹천이었다.

　"내 눈엔 늙은이들의 뒤에 숨어 몸을 사리는 애송이로 보이오만."

　"노옴!"

　"닥치시오!"

　화녹천의 불같은 호통을 장개산이 더 큰 음성으로 짓눌러 버렸다. 그리고 덧붙였다.

　"당신들에게는 굽어 받들어야 할 귀인인지 모르나 내겐 그저 없애 버려야 할 사마외도일 뿐이오."

　화녹천은 분노로 수염을 부르르 떨었다.

　그가 강호를 주유한 지 어언 육십 년, 난다 긴다 하는 백도의 노강호들도 자신을 이렇게 막대하진 못했다. 한데 강호초출이라는 저 새파란 녀석이 일신의 힘을 믿고 으르렁거리는 꼴을 보자니 피가 거꾸로 솟구치는 것 같았다.

　"뜨거운 맛을 보아야 하늘이 높고 바다가 넓은 줄을 알 놈이로다!"

　말과 함께 화녹천이 앞으로 나섰다.

　단지 두 걸음을 옮겨 디뎠을 뿐인데 빙소소는 흡사 산이 다가오는 듯한 충격을 느꼈다.

순간, 누군가 말했다.

"물러나시게."

가슴까지 내려오는 은발의 수염이 구부정한 허리로 말미암아 금방이라도 바닥을 쓸 것 같은 작은 체구의 노인, 천화성군 혁련월이었다. 그의 음성은 나직하게 흘렀지만 주변에 있는 모든 사람의 근육을 경직되게 만드는 힘이 있었다.

화녹천은 차마 더 나아가지는 못하고 선 자리에서 주먹만 부르르 떨었다.

"기개가 대단한걸. 이런 녀석이 어디서 갑자기 튀어나왔지?"

이번에 말을 한 사람은 설산옥녀 요교랑이었다.

사공을 익혀 늙고 추한 모습을 감추는 여마두들은 목소리에 강렬한 요기(妖氣)나 염기(艶氣)를 심는다던데 그녀는 전혀 그렇지 않았다. 음성은 맑았으며 눈동자는 정종무학을 익힌 사람의 그것처럼 깊었다.

다만 얼굴 가득 오만함이 서려 있었다.

그건 평생 누군가에게 허리를 굽혀 본 적 없는 사람들에게서나 뿜어져 나오는 자연스러운 기도였다. 벽사룡은 어떻게 이런 괴물들을 수하로 부릴 수 있었을까?

청화부인이다.

청화부인의 힘이 그것을 가능케 했다.

진정 무서운 사람은 금화선부가 이 지경이 되도록 한 번도 모습을 드러내지 않는 그녀였다.

"사문이 제종산문이라고 했더냐?"

강인한 턱에 눈썹이 양쪽 관자놀이를 향해 사납게 치솟은 적안의 노인, 적안살성 후동관이 물었다.

장개산은 눈썹을 씰룩거렸다.

누군가 사문을 물을 때마다 거리낌없이 밝혔으니 사마외도들 중 누군가가 안다고 해서 그리 특별할 건 없다.

문제는 그것이 후동관이라는 거물의 입에서 흘러나왔다는 점이다. 이는 그가 장개산의 사문에 대해 관심을 가지고 있었다는 말이 되니까.

한데 더욱 놀랄 말이 곁에 있던 또 한 사람의 입에서 흘러나왔다.

"제종산문? 애뇌산에 있다던 그 제종산문 말이오?"

말을 한 사람은 은하검객 마중영이었다.

백의장삼을 입고 청건을 쓴 그는 흡사 노학사가 옛적 사람의 소식을 들은 것처럼 의아한 표정으로 후동관을 바라보았다. 후동관은 장개산에게서 여전히 시선을 떼지 않은 채 나직하게 대답했다.

"그렇소이다."

"음……"

장개산은 두 눈을 부릅떴다.

대화로 미루어 두 사람은 제종산문에 대해 이미 아는 듯했다. 천일유수행을 시작한 이래로 자신의 사문에 대해 귓등으로라도 들어본 사람을 단 한 명도 만나지 못했다. 그런데 여기서 두 사람이나 만날 줄이야. 그것도 세상을 떨어 울린 전대의 노마두들로.

대체 저들이 자신의 사문을 어떻게 아는 걸까?

한데 한 가지 이상한 점이 있었다.

애뇌산은 삼백 년 전 개파조사였던 이적명이 처음으로 뿌리를 내린 곳이다. 이후 애뇌산을 떠나 광동의 이 산 저 산을 옮겨 다니며 생활한 지 오랜 세월이 흘렀거늘, 저들은 어찌하여 애뇌산을 본산으로 알고 있는 걸까.

벽사룡 역시 의아했던 모양이다.

그가 후동관에게 물었다.

"아시는 곳입니까?"

"제종산문의 제자를 한 명 알았지요."

"그 문파의 제자를 안다고요?"

"대수롭지 않은 인연입니다. 석년에 애뇌산을 지나던 중 자신을 제종산문의 후예라고 밝힌 자와 우연히 조우를 했습니다. 어쩌다 보니 그의 무공을 견식할 기회가 있었는데 고수를 만나면 큰일을 낼 무예라는 생각을 했지요."

무슨 대단한 내력이라도 있을 줄 알았던 벽사룡은 실망하는 기색이 역력했다.

하지만 장개산에겐 예사롭지 않은 이야기였다.

정황으로 미루어 보건대 후동관은 사부를 만난 듯하다. 사부께서 저 무시무시한 사마외도를 만나고도 어떻게 아무 탈없이 돌아올 수 있었을까? 후동관은 무엇을 보았기에 고수를 만나면 큰일 낼 무예였다고 하는 걸까?

그때 지축을 울리는 말발굽 소리와 함께 사람들이 옆으로 물러났다. 그사이로 월아산(月牙鏟)을 든 장대한 체구의 사내가 말에 들것을 매달아 끌고 왔다. 들것 위에는 화상으로 형체를 알아 볼 수 없는 시체 한 구가 두 손을 가슴에 모은 채 누워 있었다. 월아산의 사내가 벽사룡의 발치에 들것을 내려놓은 후 말했다.

"상왕입니다."

벽사룡은 시체를 물끄러미 내려다보았다.

그토록 죽이고자 했던 원수가 지금 눈앞에 누워 있었다. 생부의 목숨을 앗아간 저 늙은이를 조부라고 부르며 살아온 영욕의 세월이 벌써 이십 년이다.

배를 갈라 창자를 도려내고 싶은 생각이 하루에 열두 번도 더 들었지만, 마지막 숨통은 반드시 자신의 손으로 끊어 줄 것이라 다짐하며 참고 또 참았다.

한데 저 늙은이는 기어이 내 손으로 복수할 기회마저 앗아가버렸다.

하지만 어쩌겠는가, 이미 죽어 버린 것을.

"장례를 치러주어라."

사람들은 일순간 자신들의 귀를 의심했다.

이미 숨통이 끊어진 것은 어쩔 수 없다 치자. 하지만 시체만이라도 갈가리 찢어 들개의 밥으로 뿌려주어야 하지 않겠는가. 저 늙은이의 한마디에 멸문지화를 당한 문파가 몇 곳이던가. 억울하게 죽은 형제들이 대체 몇 명이던가.

"천주, 다시 한 번 고려해 주소서!"

월아산의 한쪽 무릎을 털썩 꿇으며 말했다.

장대한 체구에서 풍기는 기도도 그렇고, 어떤 내력을 지녔는지 모르지만 대망혈제회 내에서 상당한 지위를 지닌 자임이 분명했다.

"그는 비록 적이었으나 무림을 좌지우지하던 거물이었다. 재물을 아끼지 말고 성대하게 장례를 치러주어라."

월아산을 든 사내의 기백은 대단했다.

벽사룡이 거듭 장례를 치러주라고 했음에도 불구하고 사내는 다시 한 번 머리를 조아리며 간청했다.

"천주! 다시 한 번 고려해 주소서!"

순간, 벽사룡의 눈동자가 섬뜩하게 빛났다.

그건 분명 살광이었다.

저도 모르는 사이에 본능적으로 비집고 나온 내면의 분노. 벽사룡의 눈동자는 금세 본래의 평온한 모습으로 돌아왔지만, 놈에게서 시선을 떼지 않고 있던 장개산은 똑똑히 보았다.

"누가 감히 염마천주의 명령에 토를 다는가?"

혁련월이었다.

무림비강록 서열 십삼 위, 하늘 아래 가장 강하다는 세 명의 검사 중 일인. 장개산은 그를 말하던 순간 저도 모르게 경직되던 홍쌍표의 얼굴이 아직도 눈에 선했다.

이렇게 가까이서 보니 과연이라는 생각이 절로 들었다.

일신의 기도만으로 상대를 평가한다는 건 어불성설이었지만, 그래도 언감생심 평가를 하자면 그는 유성검 이병학의 아래가 아니었다.

더 놀라운 것은 혁련월을 포함해 저 여섯 노마두와 어깨를 나란히 하고 서 있으면서도 벽사룡은 전혀 위축되거나 부족하다는 느낌이 들지 않는다는 점이었다.

여섯 명의 노마두에게서 뿜어져 나오는 기도가 오랜 세월 숱한 고수들을 쓰러뜨리면서 자연스레 몸에 벤 위압감이라면 벽사룡은 그것은 처음부터 강하게 타고난 자의 존재감, 거기에 백발로 변한 머리카락으로부터 어딘지 모르게 느껴지는 기괴하고 섬뜩함 같은 것이었다.

장개산은 오로지 무공으로만 논하자면 노강호들이 더 강할지 모르나 위험하기로 따지자면 노강호들이 벽사룡에게 미치지 못할 거라는 생각이 들었다.

한편, 빙소소는 상왕의 장례를 성대하게 치러주라는 벽사룡의 말에 주목했다. 상왕으로 말미암아 그가 살아온 처절한 삶을 생각하면 시체일망정 천참만륙으로 찢어버려도 성에 차지 않을 것이다.

상왕의 복수 때문에 형제들을 잃은 수많은 사마외도도 그걸 간절히 바라고 있다. 한데도 벽사룡은 성대하게 장례를 치르라고 한다.

왜일까?

범을 물어 죽인 범은 산왕이 될 뿐이지만, 용을 물어 죽인 범은 신(神)이 된다.

비록 직접 손을 쓰지는 못했지만, 어쨌거나 상왕을 죽이고 금화선부를 손에 넣었다. 벽사룡은 상왕에게 거물에 합당하는 장례를 선사함으로써, 그런 상왕을 죽이고 금화선부를 손에 넣은 자신을 신격화하려는 것이다.

지금쯤 피가 부글부글 끓어오를 텐데도 저토록 냉정함을 유지할 수 있는 벽사룡이 빙소소는 무서웠다.

인정할 수밖에 없었다.

그는 이미 패왕의 길을 걸어가고 있었다.

혁련월의 한마디에 월아산의 사내는 무릎을 펴고 일어설 수밖에 없었다. 대망혈제회의 회규는 엄하다. 불복은 곧 항명이고 항명에 대한 징벌은 죽음이다.

상왕의 시체가 들것에 의해 옮겨지자 벽사령과 여섯 마두의 시선이 다시 장개산에게로 쏠렸다. 확실히 독 안에 든 쥐이긴 한가 보다. 대적을 눈앞에 두고도 저렇게 자기들끼리 볼 일을 다 보는 것을 보면.

"창월루에 갇힌 사람들은 어디로 빼돌렸지?"

벽사룡이 장개산에게 물었다.

"직접 찾아보지그래."

"수하들이 지하의 어느 허름한 창고 시체들 틈에서 정체를 알 수 없는 동혈을 발견했다는군. 성안에 비밀통로가 있을 줄은 몰랐는걸."

"운이 좋았지."

"넌 그 동혈이 어디로 향하는지 알고 있지?"

"당연히."

"그렇지만 말해줄 생각은 없고."

"물론이지."

"한 가지 제안을 할까? 지금이라도 그 동혈이 어디로 이어졌는지 말해준다면 동혈로 들어간 사람들의 목숨을 보장하지. 어때?"

"피차 불필요한 실랑이는 생략하기로 하지."

"글쎄, 과연 그럴까?"

벽사룡의 눈동자에 기광이 맺혔다.

그건 분명 조롱이었다.

순간 장개산은 무언가 잘못되었음을 직감했다.

예상은 적중했다.

"토저(土猪)라는 놈이 있다. 인육을 먹여 키운 놈인데 십 리 밖에서 나는 사람 냄새도 귀신같이 맡고 달려가 물어뜯지. 하지만 아무리 토저라고 해도 무인을 당할 수는 없을 거야. 해서 놈의 몸에 폭약을 묶어 심지에 불을 붙인 다음 동혈로 들여보냈다. 어린아이 주먹처럼 작은 폭약인데 어지간한 전각 채 하나쯤은 그냥 날려 버리지."

"……!"

"……!"

장개산과 빙소소는 머리끝이 쭈뼛 섰다.

양각노호가 이르길 동혈은 너무나 오랫동안 방치되어 십 장 간격으로 한 사람씩 천천히 기어가야 할 만큼 위태롭다고 했다.

한데 전각을 날려 버릴 만한 폭발이 일어난다면 동혈 전체가 통째로 무너질 게 분명했다.

이건 전혀 예상하지 못한 일이었다.

예상했어도 달리 뾰족한 수가 있는 건 아니었지만, 최소한 동혈 속으로 들어간 사람들이 마음의 준비는 했을 것 아닌가.

모든 게 놈들이 생각보다 빨리 동혈을 발견하는 바람에 벌어진 일이었다.

"놀랐나 보군. 하지만 늦었다. 넌 방금 사람들을 살릴 수 있는 마지막 기회를 놓쳤다. 그렇다고 네가 그들을 죽였다는 건 아니니까 죄책감을 가질 필요는 없어. 대신 이제 너희가 살 길에 대해 이야기해 볼까?"

"……?"

"여자를 넘겨라. 하면 너는 보내주겠다."

장개산은 눈을 있는 대로 찡그렸다.

놈이 빙소소에게 마음이 있는 줄은 알았지만, 이런 상황에서조차 자신의 목숨을 두고 흥정을 해올 줄이야.

이건 일인지하 만인지상이라는 그가 수하들 앞에서 보일 모습이 아니었다. 짧게나마 장개산이 지켜본 벽사룡의 평소 행동과도 어딘지 모르게 어긋났다.

대체 왜 저런 졸렬한 짓을 하려는 걸까?

빙소소는 가슴이 철렁 내려앉는 것 같았다.

단장애에서부터 자신을 향한 벽사룡의 눈빛이 심상치 않다는 것은 느꼈지만 이렇게까지 집착을 할 줄은 몰랐다. 당연한 말이지만 벽사룡에게 사로잡히는 건 죽기보다 싫었다. 하지만 장개산이 살 수가 있다면……

"무슨 개수작을 부리려는 거냐?"

"간단하다. 너도 살고, 그녀도 살고."

"닥쳐!"

"그녀도 그렇게 생각할까?"

장개산은 천천히 빙소소를 돌아보았다.

그녀의 눈동자가 심하게 흔들리고 있었다.

빙소소가 물었다.

"왜죠?"

"소저!"

장개산이 놀란 표정으로 빙소소를 보았다.

하지만 빙소소는 그 어느 때보다 단호한 음성으로 다시 물었다.

"왜냐고 물었어요."

"난 원하는 건 모두 가진다. 그뿐이다."

"날 좋아하는 건가요?"

"아니라면 당신은 이미 죽었다."

"날 얼마나 보았다고……."

"그런 건 시간 따위와는 상관없어. 다만 돌발적인 사고일 뿐."

"……!"

"모르고 있겠지만, 우리가 처음 만난 건 어제가 아니다. 지난여름 하원(河源)의 어느 객점에서 당신이 내게 흑수당을 본 적 있느냐고 물었다. 그리고 두 달 후 어느 깜깜한 밤 항주에서 다시 만났지. 당신은 내게 또 물었다. 육척장신에 커다란 장검을 등에 멘 사내를 본 적 있느냐고. 그리고 일 년이 지난 후 우리는 금화선부의 정문 앞에서 세 번째 만났다. 나를 전혀 기억하지 못하더군."

빙소소는 놀라움을 금치 못했다.

일 년 전 여름에서 가을로 넘어갈 무렵 그녀는 창랑사우와 함께 흑수당을 추격하고 있었다. 그때 하원의 어느 객점에서 무림인으로 보이는 준수한 용모의 청년에게 흑수당에 대해 물었던 기억이 어렴풋이 떠올랐다.

그건 장개산을 만나기 보름쯤 전의 일이었다.

스치듯 지나친 그가 벽사룡이었을 줄이야.

필시 벽사룡은 흑수당주 유길도를 만나고 돌아가는 길이었으리라.

또, 항주에서는 장개산 집법당의 뇌옥을 파하고 도망쳤을 때, 집법당의 무사들과 함께 그를 추격하는 과정에서 누군가에게 장개산의 용모파기를 언급하면서 본 적 있냐고 물었던 것 같다.

그 역시 벽사룡이었을 줄이야.

사람의 인연이란 도대체 무엇일까?

우주의 어떤 기운이 있어 평생을 모르고 살아온 사람을 세 번씩이나 우연히 만나게 하는 걸까?

왜 어떤 사람들은 서로를 알아보고, 또 어떤 사람은 멀리서 뒷모습만 바라보게 되는 걸까?

빙소소는 누구보다 먼저 장개산을 알았고, 그와 함께 흑수당을 상대로 싸웠다. 그리고 같은 북검맹의 맹도로 적지 않은 시간을 보냈다. 하지만 장개산은 나중에서야 알게 된 빙소화를 가슴에 담았다. 그녀와 단 하룻밤을 함께 보냈으면서.

이제야 그 이유를 알겠다.

눈물이 날 것 같았다.

"우리는 서로 칼을 겨누고 싸워야 할 적이에요."

빙소소가 벽사룡에게 말했다.

"그래서 당신을 구하려는 것이다. 지금이 아니면 기회가 없을 것이기에."

"난 포로가 되겠군요."

"하지만 살 수 있지."

죽는 건 두렵지 않다.

하지만 그가 죽는 건 두렵다.

이런 감정은 본래 한 방향인가 보다.

빙소화를 향한 장개산의 마음이 그런 것처럼.

좋아하면서도 좋아한다는 말 한마디 하지 못한 채 여자를 떠나보낸 장개산에 비하면 차라리 벽사룡이 사내답다는 생각이 들었다. 비록 제멋대로일망정 수하들이 보는 앞에서도 체면을 따지지 않고, 적아를 따지지도 않고 마음 준 여자를 어떻게든 손에 넣으려 하지 않는가.

빙소소는 벽사룡에게로 향했던 검을 아래로 떨구었다. 그러곤 장개산을 지나쳐 천천히 벽사룡에게로 걸어갔다.

장개산은 빙소소의 어깨를 사정없이 잡아 젖혔다.

"정신 차려!"

"그 어느 때보다도 멀쩡해요."

"이런 멍청이!"

"멍청한 건 당신이에요."

"……!"

"당신이었어도… 그랬을 거라고요."

누군가를 좋아한다는 것은 세상의 중심을 그에게로 맞추는 일이다. 입장이 바뀌어 장개산이 잡혀주는 대가로 빙소화를 풀어준다고 했어도 그는 그렇게 했을 것이다.

빙소소는 나를 던져서라도 살리고 싶을 만큼 너를 좋아한다는 말을 하고 있었다. 장개산이 알아듣든 말든.

"설강도와 약속했소. 놈이 없을 때는 내가 당신을 지켜주기로. 검을 드시오."

　장개산의 목소리가 사뭇 위협적으로 바뀌었다.

　약속 때문에 너를 지켜주는 거라는 말처럼 아픈 말이 있을
까? 빙소소는 그렁그렁 맺히는 눈물을 애써 삼키며 말했다.

　"모두 죽을 거예요."

　"당신은 죽지 않아. 다시는 그렇게 되도록 내가 내버려두
지 않을 테니까."

　순간, 장개산이 좌수를 벼락처럼 뻗어 빙소소의 허리를 휘
감았다. 이어 오른발로 바닥을 힘차게 찍더니 한 바퀴를 크게
돌며 빙소소를 허공으로 힘껏 던졌다.

　척추에 가해진 힘을 타고 빙소소는 눈 깜짝할 사이에 무려
십여 장이나 솟구쳤다. 고래등 같은 청와각의 지붕이 가슴 높
이로 보이는 순간, 빙소소는 본능적으로 손을 뻗어 처마 자락
을 붙잡았다. 이어 한 바퀴를 빙글 회전한 다음 지붕 위에 착
떨어져 내렸다.

　제아무리 여자라고는 하나 사람을 십여 장 높이의 수직으
로 던져 올리는 것은 인간이 할 수 있는 일이 아니었다. 언제
보아도 믿을 수 없는 괴력.

　느닷없이 벌어진 이 황당한 상황에 사람들은 입이 쩍 벌어
졌다.

　그때 장개산의 입에서 일갈이 터졌다.

"도망쳐!"

장개산은 눈에 불똥을 품은 채 적들을 노려보았다. 자신과 빙소소의 앞을 가로막고 있던 저 벽은 이제 거꾸로 이천여 명의 사마외도로부터 빙소소가 도망갈 수 있는 틈을 만들어 줄 것이다.

이제 됐다.

지금부터는 그 무엇에게도 구애받지 않고 원없이 싸우는 것이다. 손속에 한줌의 인정도 남겨두지 않으리라.

"놈을 죽여라!

분노한 벽사룡의 입에서 대갈일성이 터져 나왔다.

"와아아!"

천둥 같은 함성과 함께 주변을 에워싸고 있던 사마외도들이 일제히 장개산을 향해 병장기를 앞세우고 달려들었다.

장개산은 이천여 명의 사마외도에게 둘러싸인 상황에서도 눈썹 하나 까딱하지 않았다. 오히려 온몸의 근육이 부풀며 그 어느 때보다도 강한 투지가 끓어올랐다.

동혈 속으로 들어간 사람들이 죽을지도 모른다는 걱정 때문이었을까? 아니면 천일유수행을 시작한 이래 유일하게 벗이라 할 수 있는 흑풍조를 잃을 것 같은 염려 때문일까?

그도 아니면 이 모든 일을 꾸미고 벌린 벽사룡에 대한 적개심 때문이었을까?

이유가 무엇인지는 모른다.

다만 몸 속 깊은 곳에서 끓어오르는 분노를 주체할 수가 없었다. 분노는 순식간에 장개산을 집어삼켜 버렸다. 그때부터 스스로 통제할 수 없는 폭주가 시작되었다.

꾸르릉 꽝꽝!

오척의 참마검이 허공을 난도질할 때마다 귀청을 찢는 파공성이 울렸다. 대기가 휘우뚱 일그러지고 엄청난 경기가 휘몰아쳤다. 분명 검기(劍氣)는 아닌데, 그보다 더 파괴적이고 강력한 경기가 검첨으로부터 뿜어져 나와 방원 일 장여를 휩쓸었다.

그 궤적에 걸리는 것들은 인마(人馬)의 구별 없이 남아나질 않았다. 피가 사방으로 뿌려지고, 육편이 분분히 흩날렸으며, 말과 사람의 비명 소리가 천지를 진동시켰다.

개활지의 북쪽, 청와각을 연한 벽 아래는 눈 깜짝할 사이에 지옥도로 변해 버렸다.

빙소소는 온몸의 털이 곤두서는 것 같았다.

청와각 쪽으로 도주한 이유가 십 장 높이로 버티고 선 벽을 등지고 싸우기 위해서인 줄 알았더니 사실은 자신에게 살 길을 열어주기 위함이었을 줄이야.

그는 처음부터 이럴 생각이었다.

그리고 지금, 그는 십여 장 아래의 개활지에서 온갖 기형병기를 들고 달려드는 이천여 명의 적과 하나로 뒤엉킨 채 생의 마지막이 될지도 모를 혈전을 치르고 있었다.

단 한 명 대 이천의 싸움.

단언컨대 그는 절대로 살아남을 수 없다.

그를 돕기 위해 달려온 길이 오히려 그를 사지로 몰아넣는 결과를 초래할 줄이야. 빙소소는 정신이 아득해졌다.

그 순간, 몇몇 사마외도들이 벽호공으로 벽을 타고 빙소소가 서 있는 지붕을 향해 기어오르기 시작했다. 감히 맹렬한 공격을 퍼붓는 장개산을 지나치지 못하고 저만치 십여 장 밖에서 우회해 오르는 중이었다.

"도망쳐!"

장개산의 입에서 또 한 번 일성이 터져 나왔다.

빙소소가 아직 지붕 위에 머무르자 망설인다고 생각한 모양이었다.

다시 개활지로 뛰어내린다고 해서 살 수 있는 건 아니다. 대신 그와 함께 싸우다 죽을 수는 있을 것이다.

반면 이대로 도주를 한다면 자신은 살 수 있다. 장개산이 목숨으로 만들어 준 마지막 기회. 이 기회를 그냥 흘려버리는 건 그의 죽음을 헛되게 만드는 일이다.

하지만 그가 모르는 게 있었다.

이렇게 되면 남은 사람이 평생을 죄책감과 고통 속에 살아야 한다는 걸 그는 까맣게 모르고 있었다. 알았어도 그렇게 했겠지만.

'반각, 반각만 버텨줘요!'

빙소소는 반대쪽 지붕 아래로 힘껏 몸을 던졌다.

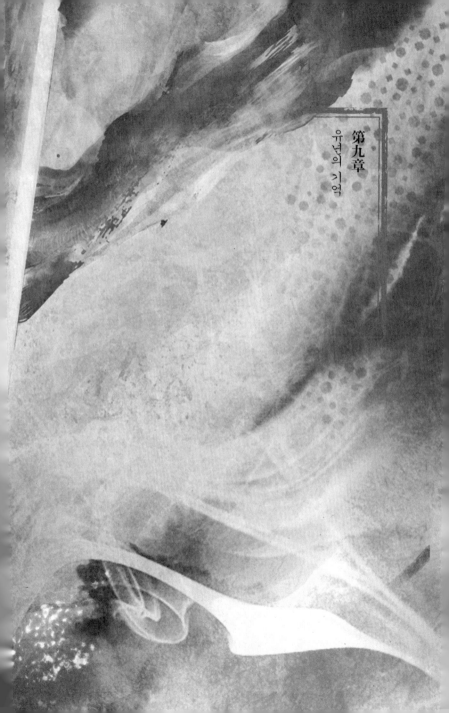

第九章
유년의 기억

"후우, 후우, 후우."

"젠장맞을! 거 이상한 좀 내지 않을 수 없어? 정신 사나워서 당최 집중을 할 수가 없잖아!"

한 치 앞도 보이지 않는 어둠 속에서 설강도가 빽 소리를 질렀다. 앞서 걸어가는 구양소문이 아까부터 계속 발정 난 멧돼지 같은 소리를 냈기 때문이다.

그렇지 않아도 땅속 깊이 들어와 있다는 생각에 가슴이 터질 것 같은데, 구양소문의 괴상한 숨소리까지 듣자 미쳐 버릴 것 같았다.

"히, 힘들어서 그래."

"웃기고 자빠졌네. 무서워서 그런 줄 내가 모를 줄 알고? 덩치는 산만 한 녀석이 겁은 많아 가지고."

"표, 표가 나?"

"확실하게."

"자, 자식 눈치만 빨라 가지고."

사람들은 누구나 높거나 좁은 공간에 대한 공포심이 어느 정도는 있다.

한데 구양소문은 유달리 심했다.

창랑사우로 불리며 강호를 종횡하던 시절 비를 피해 동굴에 들어갔을 때도 구양소문은 언제나 입구에 발을 반쯤 걸친 채 비를 쫄딱 맞곤 했다.

아무리 들어오라고 해도 소용없었다.

비 오는 소리가 듣기 좋다나 뭐라나.

하물며 지금과 같은 상황에서는 말할 것도 없었다.

커다란 바위를 만나면서 거의 기다시피 해야 할 정도로 동굴이 갑자기 좁아졌다. 구양소문의 숨소리가 더욱 거칠져 있었다.

"후! 후! 후! 후!"

제 딴에는 죽을힘을 다해 참고 있는 모양이지만 곁에서 듣는 사람들은 미치고 팔짝 뛸 지경이었다.

"제발 그만해!"

설강도가 다시 한 번 빽 소리를 질렀다.

"그, 그럼 수, 숨을 쉬지 말란 말이냐? 후! 후! 후!"

"차라리 쉬지 마!"

"가, 가슴이 터질 것 같아서 그래."

"누군 아무렇지도 않은 줄 알아!"

설강도도 구양소문이 지금쯤 어떤 고통을 겪고 있을지 안다. 그래서 더 소리를 지르는 거다. 좁은 공간에 쏠려 있는 녀석의 신경을 자신에게로 집중시키기 위해.

항상 그랬던 것처럼 티격태격하다 보면 지금의 이 무섭고 섬뜩하고 미칠 것 같은 상황을 조금은 잊을 수 있지 않겠나.

그때 무언가 물컹한 것이 얼굴에 툭 부딪혔다.

구양소문의 궁둥이었다.

"에잇 퉤엣! 갑자기 멈추면 어쩌자는 거야!"

"아, 안 되겠다. 너 먼저 가라. 후! 후! 후!"

"동굴 한가운데를 턱 막고 서서 먼저 가라고 하면 날더러 어쩌라고?"

"가, 가랑이 벌렸다. 후! 후! 후!"

"뭐야, 지금 나 보고 네 가랑이 사이로 기어가라는 거야."

"그럼 날더러 어쩌라고!"

약이 바짝 오른 구양소문이 버럭 소리를 질렀다.

희한하게도 화를 낼 때만큼은 말을 더듬지 않았다. 조금 전의 그 괴상한 숨소리도 귀신같이 뚝 그쳤다. 물론 그렇다고 괴로움이 완전히 사라지는 것은 아니겠지만.

설강도는 속으로 씨익 웃고는 더욱더 약을 올리기 위해 앞서가는 백건악을 불렀다.

"어이, 먹물. 이 자식 좀 어떻게 해봐. 아까부터 계속 헐떡대는 게 오줌이라도 쌀 것 같아. 안 그래도 쉰내가 폴폴 나는데 지린내까지 풍기면 곤란하잖아."

"이, 이 개자식이……!"

약 올리는 강도가 좀 셌다.

구양소문이 걸음을 옮기다 말고 갑자기 설강도를 향해 뒷발질을 퍽퍽 해댔다. 날벼락을 맞은 설강도는 '끕!' 소리를 내며 뒤로 나동그라졌다. 그 바람에 천장의 흙이 우수수 떨어졌다.

"위험해!"

백건악이 다급하게 외쳤다.

좁은 동혈 속이다.

확 트인 개활지에서 개미가 기어가는 소리도 들을 사람들인데 두 사람의 대화가 들리지 않을 수 없었다. 다만 구양소문이 사태를 심각하게 받아들이지 않도록 하려 모두가 모른 척 했을 뿐이다.

지금도 구양소문과 보조를 맞춰 걷느라 먼저 들어간 섬서
무림인들의 발걸음 소리가 들리지 않을 정도로 멀어졌다. 녀
석을 안심시키기 위해 반드시 십 장 간격을 유지하라던 양각
노호의 경고마저 무시했다.

한데 갑자기 사태가 심각해지자 모두 아연실색했다.

구양소문은 발길질을 뚝 멈췄다.

다른 누구보다 그 자신이 가장 놀랐으리라.

백건악이 다가와서 구양소문의 백회혈을 눌러주며 말했
다.

"숨을 크게 들이쉬어 봐."

"흐으읍… 후우우……. 흐으읍… 후우우."

"어때?"

"좀… 나아진 것 같아."

"좁은 회랑을 걷는다고 생각해."

"이게 회랑이었다면 다 부숴 버렸을 거야."

그때 뒤로 나가떨어졌던 설강도가 다시 기어오는 소리가
들렸다. 그는 누가 묻지도 않았는데 죽겠다며 앓는 소리를 했
다.

"나, 나 불알이 깨, 깨진 것 같아. 후우! 후우! 후우!"

"그래서 어쩌라고? 내가 한번 만져보리?"

구양소문이 어둠 속에서 손을 쑥 뻗었다.

"돼, 됐어. 괜찮아!"

"확 으깨 버릴까 보다."

구양소문의 목소리가 조금 전보다 훨씬 나아졌다.

구양소문이 듣는다면 약이 잔뜩 오르겠지만 모두가 설강도의 활약 덕분이었다.

구양소문이 백건악에게 물었다.

"출구까지는 얼마나 남았어?"

"오 리쯤 온 것 같다."

양각노호는 동혈의 길이가 십 리쯤 된다고 했다.

오 리를 왔으니 절반이나 온 셈이다.

한데 이 소리가 구양소문에겐 청천벽력처럼 들렸다.

"지나온 만큼 또 가야 한다고?"

"생각보다 많이 온 것도 아냐. 다만 그렇게 느낄 뿐이지."

"실제 거리가 뭐 중요해. 그렇게 느낀다는 게 중요하지."

그렇긴 하다.

언변이라면 누구에게도 뒤지지 않는 백건악이었지만 이번만큼은 말문이 막혔다.

그때, 구양소문이 이상한 소리를 했다.

"다들 귀도성(鬼都城)에 대한 얘기 기억나?"

그 이상한 이야기를 들은 것은 창랑육기로 불리던 시절 사천을 지나던 중 우연히 만난 괴노인에게서였다. 괴노인은 술에 잔뜩 취해서는 운남성 어딘가에 있다는 고대의 지하도시에 대한 이야기를 들려주었다.

　기이한 풍습을 지닌 묘강(苗疆)의 소수민족들이 각자의 왕조를 세우고 살던 혼돈의 시절, 남쪽에 있던 호전적인 왕이 여섯 개의 대부족을 평정하고 운남성 최초의 통일왕국을 세웠다.

　강력한 권력을 원했던 왕은 호시탐탐 자신의 자리를 노리는 부족장들을 견제하기 위해 창산(蒼山) 일대를 수도로 삼고 거대한 도성을 축조하기 시작했다.

　묘강의 부족전사 수만 명이 강제 징집되었다. 전사를 보내지 않은 부족은 엄청난 양의 재물을 바쳐야 했다. 백성은 피폐해져 갔고, 곳곳에서 반란이 일어났지만 왕은 더욱더 강력한 철권을 휘둘러 그들을 평정했다.

　그러던 어느 해 큰 지진이 일어나 성의 지반이 지하로 함몰해 수만 명의 인부가 함께 매몰되어 버린 사건이 있었다.

　그 후 백여 년이 흐르면서 대리국(大理國)의 어느 왕이 그 위에 새로운 성을 중건했고, 다시 삼백 년이 흐른 후 대리는 명나라의 영토가 되어 오늘에 이르렀다.

　지하는 반대로 죽은 자들의 영혼만이 떠돌았다.

　귀신의 도시가 된 것이다.

"그 노인이 그랬어. 사람은 죽는 순간 혼백(魂魄)이 몸에서 빠져나가는데, 혼은 하늘로, 백은 육체와 함께 땅으로 돌아간다고. 하지만 지하에서 죽은 사람들은 혼이 하늘로 올라가지 못해 영원히 어둡고 캄캄한 지하를 떠돈다고. 자기가 지하에 갇혀 있다는 것도 모르는 채 말이야."

"갑자기 그 미친 늙은이 얘긴 왜 하는 거야?"

설강도가 말했다.

"며칠 전 꿈에 운룡이 나왔어."

"……?"

"숲에서 길을 잃고 한참을 헤매는데 갑자기 강이 나타나질 않겠어? 한데 강 건너 모래사장에서 녀석이 멋들어진 비단백삼을 입고는 혼자 검술을 수련하고 있더라고. 녀석이 수련을 하다 말고 나를 발견하고는 반색하며 손짓하는 거야. 왜 이제야 왔느냐고. 대련할 사람이 없어 혼자 얼마나 적적했는지 아느냐고. 어서 강을 건너라고. 꿈이었지만 난 강을 건너면 안된다는 걸 느꼈어. 한데 나도 모르게 어느새 강을 건너고 있더라고."

예사로운 꿈이 아니다.

사람들은 누가 먼저랄 것도 없이 불길한 예감이 들었지만 애써 내색하지 않으려 했다. 잠시 침묵이 흐른 뒤 남궁휘가 불쑥 물었다.

"소문, 우리가 언제 처음 만났지?"

뜬금없는 그의 질문에 다들 어리둥절했다.

"내가 열두 살 때였나? 남궁세가에서 칠주야 동안 무림대회가 열렸었지. 내가 아버님과 함께 도착했더니 값비싼 비단옷으로 몸을 휘감은 꼬마 녀석이 성라원주님의 손을 꼭 잡고 우리를 맞았었지. 그때 너 정말 쪼그맸는데."

"너는 그때도 컸지."

"그날 우리가 처음으로 대련을 했던 거 기억나?"

"그랬었나?"

"뭐야, 이겼다고 그새 까맣게 잊은 거야?"

"내가 이겼었군."

"……!"

구양소문이 갑자기 말문을 막히자 어둠 속에서 사람들이 피식피식 웃었다.

남궁휘가 다시 말했다.

"기억이 나. 그날 밤 어른들이 잠든 틈을 타 네가 나를 야산으로 불러냈지. 그곳에 광동에서 왔다는 왠 삐쩍 마른 녀석이 기다리고 있었고. 녀석이 내게 그랬지 아마. '네가 내 친구를 때린 놈이냐?' 마치 무림고수라도 되는 것처럼 뒷짐을 지고 나를 굽어보는데 정말 눈꼴 시리더군. 그녀석도 내게 깨졌었지 아마? 그게 누구였더라?"

"무슨 소리야. 분명히 내가 이겼어."

설강도가 발끈하고 나섰다.

"맞아. 설강도 너였지."

"이거 왜 이래. 승부는 확실히 하자고. 그날의 승부는 분명히 나의 승리였다."

"내가 먼저 코피를 터뜨린 걸로 기억하는데."

"내가 코피 난 건 기억하고 네 녀석 눈탱이가 밤탱이가 된 건 기억이 안 나신다?"

"코피 터뜨리면 끝난 거야."

"그런데 왜 쪼르르 달려가 비리비리하고 허여멀건 놈을 두 명이나 데리고 와서 다시 한판 붙자고 했을꼬. 우리는 그래도 둘이서 함께 덤비진 않았다. 사내자식들이 되가지고 비겁하게. 쯧쯧쯧."

"네가 말한 그 허여멀건 놈이 나냐?"

백건악이 물었다.

"대번에 알아듣는 걸 보니 역시 똑똑해."

"그럼 비리비리한 녀석은 인명이겠네?"

"당연하지."

"그런데 왜 넌 그런 비리비리한 약골에게 맞아 쓰러졌을까? 내 기억엔 한 시진 동안이나 까무러쳤었지, 아마."

"크크크. 어쩌면 이 녀석 일부러 까무러친 척했었던 건지도 몰라. 인명의 주먹은 나도 깜짝 놀랄 정도로 빨랐거든."

구양소문이 낄낄거리며 말했다.

같은 편이어야 할 구양소문이 이렇게 나오자 설강도는 부아가 치밀어 죽을 것 같았다.

그때 인명이 조용히 말했다.

"나보다 더 빠르고 무서운 녀석이 있었지."

빙운룡 얘기다.

남궁휘, 백건악, 적인명에게 흠씬 두들겨 맞고 까무러치기까지 한 설강도는 이쯤에서 그만하자는 구양소문의 만류에도 불구하고 복수를 다짐하며 이를 갈았다.

어른들이 무림대회에 정신이 팔려 있는 사이 복수할 방법을 찾기 위해 절치부심하며 남궁세가를 돌아다니던 설강도는 비슷한 또래의 순진하게 생긴 녀석이 목검으로 혼자 수련을 하고 있는 걸 발견했다.

설강도는 냉큼 달려가 녀석에게 다짜고짜 친구가 되자고 했다. 그러면서 대련도 하고 놀 겸 공기 좋은 곳에 가서 콧구멍에 바람이나 쐬자는 말도 덧붙였다.

녀석은 친구가 되는 건 좋지만 여동생을 돌보아야 하기 때문에 바쁘다고 했고, 설강도는 그럼 여동생도 데려가자고 했다. 녀석은 반색하며 정말 그래도 되냐고 되물었다. 설강도는 간이라도 빼줄 것 같은 표정으로 좋다고 말했다.

한데 녀석이 데려온 여동생이 너무 예쁜 게 아닌가.

야산에서 다시 만난 남궁휘, 백건악, 적인명도 새로온 녀석의 여동생에게 한눈에 반해 버렸다. 아리따운 여자가 지켜보는 가운데서 여섯 명은 대련을 핑계 삼은 싸움을 시작했다. 그 어느 때보다 최선을 다했음은 물론이었다.

한데 새로 나타난 녀석이 모두를 평정해 버렸다.

이유가 있었다.

남궁휘, 백건악, 적인명이 녀석을 때릴 때마다 함께 온 여동생이 자기 오빠가 맞는다며 빼 울음보를 터뜨리는 게 아닌가. 대신 설강도와 구양소문이 세 녀석을 때려주면 손뼉까지 짝짝 치며 좋아라 했다.

그 모습이 깨물어주고 싶을 정도로 귀여웠다.

어느 순간 남궁휘, 백건악, 적인명이 뜬금없이 편을 다시 짜자고 했다. 설강도는 그게 무슨 해괴한 소리냐며 길길이 날뛰었다.

하지만 편을 다시 짜지 않으면 가버리겠다는 협박에 고집을 꺾을 수밖에 없었다. 그런데 이번엔 너도나도 새로 온 녀석과 같은 편이 되겠다고 생떼를 쓰는 게 아닌가.

결국 여섯 명은 네 편 내 편 없이 다 같이 한꺼번에 대련해서 최후에 남는 사람이 승리하는 걸로 합의를 보았다. 싸움은 오래가지 않았다.

처음엔 구양소문이 새로 온 녀석에게 맞아 쓰러졌다. 다음엔 남궁휘가, 백건악이, 적인명이 쓰러졌다. 설강도는 새로온 녀석을 상대로 끝까지 싸워서 이기려다가 구양소문이 슬쩍 건 발에 걸려 넘어졌다.

그 틈을 타 새로 온 녀석이 목검으로 설강도의 정수리를 내려쳤고, 설강도는 그 자리에서 또 까무러쳐 버렸다. 녀석의 여동생이 까무러치게 좋아했음은 물론이다.

"운룡의 목검은 정말 무서웠지."

적인명이 말했다.

"맞아, 내 생애 그렇게 빠른 검은 어태 보질 못했어."

구양소문이 말했다.

"그 후로도 계속 우리 중 누구도 녀석을 이기지 못했지."

백건악이 말했다.

그날 여섯 명은 밤이 늦도록 남궁휘가 훔쳐 온 술을 함께 나눠 먹었다. 그리고 친구가 되었다.

어둡고 좁은 동굴 속에 한줄기 온기가 번져 나갔다. 잊고 있었던 유년의 기억에 모두가 여섯 명의 사내는 누가 먼저랄 것도 없이 미소를 지었다. 아무도 서로의 미소를 볼 수 없었지만 이미 가슴으로 느끼고 있었다.

"벌써 십오 년이 흘렀네."

남궁휘가 말했다.

"그렇게 오래됐어?"

구양소문이 말했다.

"세월 참 빠르네."

백건악이 말했다.

"십오 년도 이렇게 금방인데 우린 겨우 일다경이면 빠져나갈 거리를 두고 이렇게 고민을 하고 있네. 우리 어른 되려면 아직 멀었다."

마지막으로 남궁휘가 말했다.

사람들은 그제야 남궁휘가 뜬금없이 옛 이야기를 꺼낸 이유를 알아차렸다. 대화란 내용이 중요한 게 아니다. 그 대화를 통해 가슴이 어떻게 변하느냐가 중요한 것이다.

사람들은 숨이 막혀 죽을 것 같은 갑갑함이 어느새 사라지고 몸속 깊은 곳에서 힘이 솟구치는 것을 느꼈다.

"그만 가자."

남궁휘가 돌아서면서 말했다.

다섯 명의 사내는 일어서 다시 걷기 시작했다.

구양소문도 다시 힘을 냈다.

이래서 남궁휘가 흑풍조의 조장이 될 수밖에 없다.

어떤 위기의 순간에도 그는 흥분하지 않았다. 언제나 냉철하고 차가운 이성으로 상황을 판단하고 사람들을 이끌었다.

남궁휘만 있으면 안심이다.

창랑육기가 모두 함께 있으면 두려울 게 없었다.

비록 빙운룡이 빠진 다섯 사람이었지만 이 위기도 분명히 무사히 넘길 수 있으리라.

"소소는 어떻게 되었을까?"

앞서가던 적인명이 말했다.

녀석은 언제나 말수가 적었지만, 대신 한번 입 밖에 내면 그게 무엇이든 모두의 신경을 집중시키는 힘이 있었다.

"개산이 있으니까 무사할 거야."

남궁휘가 말했다.

그건 추측이라기보다는 바람이었다.

그걸 모르는 사람은 없었다.

"장개산이 쓰러지면?"

"인명, 쓸데없는 소리 말고 앞이나 잘 봐!"

백건악이 짧고 강하게 말했다.

적인명은 말수가 적었기에 어쩌다 나오는 말도 쓸데없는 것이 없었다. 그가 무언가를 입 밖에 낼 때는 분명 이유가 있었고, 그 이유는 가볍지 않은 경우가 많았다.

그런 적인명이었기에 백건악이 지금처럼 함부로 말을 한 것은 오늘이 처음이었다.

백건악이 말을 심하게 한 이유는 명백했다. 사람들에게 쓸데없는 잡념을 심어주어 남궁휘가 애써 만들어 놓은 온기를 다시 얼리지 말라는 뜻이다.

하지만 적인명은 멈추지 않았다.

"끌고라도 와야 했어. 소소도, 장개산도."

녀석이 말하고 싶었던 게 바로 이거였다.

두 사람을 두고 온 것이 끝내 불편했던 것이다.

특히 빙소소를 두고 온 것이 마음에 걸렸던 모양이다.

"이미 지난 일이야."

"아니, 이제부터 시작이야."

"무슨 뜻이야?"

"운룡이 죽고 난 후 강도와 우리가 어떻게 지냈는지 다들 잊었어?"

적인명의 말은 그게 끝이었다.

하지만 그 한마디로 동혈 안은 말할 수 없이 깊은 침묵에 휩싸였다. 들리는 거라곤 발걸음 소리뿐.

운룡이 죽고 난 후 설강도는 지옥 같은 하루하루를 보냈다. 다른 사람들은 그런 설강도를 보면서 또 괴로운 날을 살았다.

이제 빙소소가 죽고, 장개산이 죽으면 다시 그 과정을 겪어야 한다. 녀석들을 잡지 않은 것을 후회하면서, 나를 대신해 녀석들이 죽은 걸 평생 괴로워하면서.

"걱정 마. 개산은 불사신이야."

남궁휘가 말했다.

거짓말인 줄 뻔히 아는데 남궁휘가 저 말을 하니 왠지 모르게 그럴 것만 같았다. 사람들의 가슴 속에 다시 한 번 따뜻한 온기가 흐르기 시작했다.

그때 뒤 쪽에서 찍찍거리는 소리가 났다.

"이런 곳에 뭐 먹을 게 있다고 쥐가 돌아다니지? 어."

무심코 뒤를 돌아보던 설강도가 이상한 소리를 냈다.

"무슨 일이야?"

구양소문이 물었다.

"쥐꼬리에 뭐가 있어."

"그게 뭔데?"

"불이 붙은 것 같아."

"그게 말이 돼? 쥐꼬리에 누가 왜 불을 붙여?"

"나도 몰라. 어쨌든 내가 보기엔 그래."

"……!"

"……!"

"……!"

"……!"

"다들 뛰어!"

백건악의 입에서 일성이 터졌다.

적인명을 필두로 사람들이 전속력으로 달리기 시작했다. 한 치 앞도 보이지 않는 좁은 동혈 속에서 평지와 같이 달릴 수는 없다.

사람들은 호보(虎步)를 펼쳤다.

호보란 양손을 바닥에 짚고 호랑이처럼 네 발로 걷거나 뛰는 것을 말한다. 한마디로 기어서 달려가는 것이다.

가장 앞서서 달리는 적인명은 동굴의 지형을 파악하고 소리로 흔적까지 남겨야 하기 때문에 가장 힘들었지만, 충분히 제 역할을 했다.

문제는 구양소문이었다.

녀석은 큰 덩치로 말미암아 자꾸만 동혈의 이쪽저쪽 벽을 쓸고 부딪쳤다. 그 바람에 속도는 속도대로 느리고 동혈은 동혈대로 금방이라도 무너질 것처럼 흙먼지를 쏟아냈다.

방법은 하나밖에 없었다.

쥐를 잡는 것이다.

"강도, 놈을 맞출 수 있겠어?"

달리는 중에 남궁휘가 말했다.

말이 떨어지기 무섭게 설강도는 달리는 와중에도 허리를 비틀어 꺾어 어둠 속에서 빛나는 쥐를 향해 연거푸 돌멩이를 주워 던졌다.

탕! 탕!

소리가 연달아 울렸지만 불꽃은 먹이를 발견한 야수처럼 계속해서 돌진해 왔다.

설강도가 쥐라고 착각한 것은 금화선부 내의 대망혈제회 인물들이 키운 토저였다. 꼬리에 붙은 불꽃 역시 사실은 등에 매달린 폭탄을 향해 타들어가는 심지였다.

토저는 눈을 제거한 상태에서 인육만을 먹도록 훈련된 맹수였다. 후각과 청각에만 의존해 살아온 탓에 지금과 같은 캄캄한 동혈은 토저에게는 제 세상이나 마찬가지였다. 설강도가 제아무리 고수라고는 하나 호보로 달리는 와중에 불안정하게 던진 돌멩이로 놈을 쓰러뜨릴 수는 없었다.

"제기랄! 평범한 쥐새끼가 아닌 것 같아."

"죽여야 해. 반드시 죽여야 해!"

남궁휘가 다시 한 번 힘주어 말했다.

그사이 토저는 엉덩이 뒤까지 바짝 따라붙었다.

설강도가 갑자기 걸음을 멈추고 뒤돌아섰다.

순간, 놈이 번쩍 뛰어올랐다.

돌멩이를 던져 잡는 것은 어려울지 모르나 손을 써서 잡는 것은 일도 아니다. 설강도는 튀어 오른 녀석을 향해 일장을 후려쳤다.

퍽!

찍! 소리와 함께 무언가가 바닥에 떨어졌다.

순간, 느낀 놈의 묵직함에 설강도는 적잖이 놀랐다.

"쥐가 아닌 것 같은데."

놈이 죽었다고 확신한 설강도는 손을 뻗어 심지를 잡아 뽑으려 했다. 심지만 뽑으면 폭탄이 터질 일도 없지 않겠는가. 그가 갑자기 달리기를 멈추고 이렇게 태연자약한 데는 그만한 이유가 있었다.

설강도의 생각을 읽은 백건악이 버럭 소리를 질렀다.

"멀리 던져 버려!"

백건악은 저 물건에 대해 뭔가 아는 바가 있는 것 같았다. 남궁휘도 말을 한 바 있지만 백건악의 말은 언제나 옳다. 녀석이 무언가 다급하게 말을 할 때는 이유를 따지기 전에 일단 시키는 대로 하는 게 신상에 이롭다.

설강도는 자신들이 달려온 방향을 향해 놈을 냅다 차버리고는 다시 뒤돌아 달렸다.

그때였다.

꾸앙!

고막이 먹먹해지는 굉음과 함께 지축이 요동쳤다.

막강한 폭압을 견디지 못한 사람들은 동굴 벽에 온몸을 부딪쳐 가며 무려 십여 장이나 데굴데굴 굴러갔다. 정신을 차릴 겨를도 없이 이번엔 산이 무너지는 듯한 소리가 들리기 시작했다.

꾸르르릉 꿍! 꿍! 꿍!

착각이 아니었다.

폭발이 일어난 지점으로 동혈이 무너져 내리고 있었다.

"뛰어!"

다시 터진 남궁휘의 일갈.

사람들은 너 나 할 것 없이 미친 듯이 질주했다.

꾸르릉 꿍꿍꿍!

이토록 소름끼치는 소리는 처음이었다.

지하로 얼마나 깊이 들어왔는지 짐작조차 할 수 없는 상황에서 흙더미가 무너져 내리면 생매장을 당하게 된다. 양각노호가 우려했던 일이 현실로 다가온 것이다.

동혈이 무너지는 소리는 계속해서 들렸고, 급기야는 충격으로 말미암아 등 뒤로 서늘한 바람까지 전해졌다. 아무리 빨리 달려도 동혈이 무너지며 따라오는 속도를 이길 수는 없다.

앞으로 얼마나 더 달려야 할지 모르는데다 호보는 그냥 달리는 것보다 몇 배나 빨리 지친다. 도무지 살 길이라곤 보이지 않는 속수무책인 상황에서 앞서 달리던 남궁휘가 다시 일갈을 했다.

"곧 암반 지대가 나타날 거야! 다들 포기하면 안 돼!"

양각노호는 운대산이 가까워지면 암반 지대가 나온다고 했다. 바위를 뚫고 들어간 동굴이니 흙으로 이루어진 이곳보다는 안전하지 않겠는가. 하지만 그 암반 지대가 언제 시작될지 알 수가 없다는 게 문제였다.

다섯 사람은 계속해서 달렸다.

팔꿈치가 돌부리에 찢기고 어깨가 무언가에 부딪혀 으스러질 것 같았지만 고통을 호소할 겨를도 없이 무작정 달렸다. 다른 사람들이 이럴진대 가장 덩치가 큰 데다 좁은 공간에 대한 공포로 말미암아 힘들어하던 구양소문은 어떻겠는가.

그는 한마디로 공황상태였다.

금방이라도 까무러칠 것처럼 정신이 아득한 상황에서 구양소문은 오직 본능에 의지한 채 달렸다. 사지 곳곳이 찢겨나가고 피가 흘렀지만, 그는 아무것도 알지 못했다.

그러던 어느 순간, 선두에서 달리던 적인명이 소리쳤다.

"암반 지대야!"

적인명의 목소리가 이렇게 반가운 적이 없었다.

잠시 후, 가장 뒤쪽에서 달리던 구양소문과 설강도는 무너져 내리는 흙더미를 아슬아슬하게 피해 암반 지대로 몸을 던졌다.

가슴과 턱에 둔탁하게 전해지는 충격이 틀림없는 암반 지대였다. 암반 지대에 들어서고 나서도 두 사람은 조금이라도 더 멀어지기 위해 필사적으로 기어갔다.

순간, 잡아먹을 것처럼 달려오던 붕괴음은 암반 지대를 만나자 거짓말처럼 뚝 그쳤다. 다섯 사람은 질주를 멈춘 채 앞다투어 거친 숨을 토해냈다.

숨소리만 들어도 조금 전의 상황이 얼마나 치열했는지 느낄 수 있을 정도였다.

"다들 괜찮아?"

남궁휘가 물었다.

"하아 하아. 생존."

적인명이 말했다.

"하아 하아. 나 역시."

백건악이 말했다.

"학학학. 어우 씨발, 죽는 줄 알았네. 학학학."

설강도가 말했다.

평소에 말이 좀 거칠기는 해도 육두문자까지 입에 올리는 일은 드문데 정말 많이 놀랐나 보다. 하긴 폭발의 진원지에서 가장 가까이 있었으니 놀랄 만도 했다. 지금쯤 간이 쪼그라드는 듯할 것이다.

"소문."

거친 숨소리가 쉴 새 없이 오가는 가운데 남궁휘가 마지막으로 구양소문의 이름을 조용히 불렀다. 하지만 어쩐 일인지 대답이 들려오지 않았다.

모두가 숨을 멈추었다.

좌중의 공기가 차갑게 식었다.

"소문!"

남궁휘가 다시 한 번 힘주어 불렀다.

"사, 살아 있어. 하아 하아 하아……."

구양소문이 말까지 더듬으며 거친 숨을 토해냈다.

다시 공포가 시작된 것이다.

지금쯤 살아도 살아 있는 게 아닐 것이다.

그래도 죽지 않은 게 얼마나 다행인가.

구양소문까지 안전한 것을 확인한 후에야 남궁휘는 비로소 안도의 한숨을 쉬었다.

"운이 좋았다."

백건악이 말했다.

"운이 좋기는 개뿔. 하마터면 죽을 뻔했는데."

설강도가 면박을 주었다.

"그나저나 아까 그게 뭐냐? 너 뭐 아는 거 있어?"

"뇌정구(雷釘毬)라는 게 있어. 사귀옹(使鬼翁) 심심파적으로 만들었다는데 충격을 받아도 터지고, 강제로 분해를 해도 터지고, 심지를 뽑아도 터져."

"그런데 왜 심지를 박아둔 거야?"

"그래야 불꽃을 보고 발로 차거나 심지를 뽑으려 들 테니까."

사귀옹은 벽사룡과 함께 금화선부에 팔문조화대종진을 펼친 기문진식의 대가였다. 정체불명의 쥐에게 매달려 있던 불꽃이 뇌정구의 심지가 타는 것이라는 걸 유추해 낸 백건악의 지혜가 놀라웠다. 그가 아니었다면 지금쯤 모두 고깃덩이로 변해 있으리라.

"놈들이 동혈의 입구를 발견했군."

적인명이 말했다.

동혈의 입구를 발견했다는 건 장개산과 빙소소를 넘었다는 말과도 같다. 적인명은 이 순간에도 두 사람을 걱정하고 있었다.

"생각했던 것보다 훨씬 빠른걸."

백건악이 말했다.

"늦었어. 다들 서두르자고."

다시 남궁휘가 상황을 정리하며 일어섰다.

적인명이 앞장서고 다시 걸음을 재촉하려는 순간.

콰앙!

느닷없는 굉음과 함께 다섯 사람의 머리 위 천장이 무너져 내렸다. 크기를 짐작할 수 없는 돌덩이들이 우르르 쏟아져 내렸다.

그건 도저히 어찌해 볼 수 없을 정도로 너무나 갑작스럽게 벌어진 일이었다. 흙더미를 피해 달렸더니 돌덩이를 만날 줄이야.

꾸르르릉…….

동혈은 적을 발견한 괴수의 그것처럼 한참이나 그르렁 대더니 겨우 붕괴를 멈추었다. 한바탕 난리가 지나가고 난 후 매캐한 먼지 속에서 남궁휘가 소리쳤다.

"점호!"

친구로서가 아닌 흑풍조장으로서의 명령이었다.

"적인명 생."

"백건악 생."

그리고 이어지는 침묵.

"다시 점호!"

남궁휘가 다시 고함을 질렀다.

목소리가 훨씬 커졌다.

이어지는 두 사람의 대답도 훨씬 커졌다.

"적인명 생!"

"백건악 생!"

하지만 또다시 이어지는 침묵.

구양소문과 설강도는 끝내 점호를 하지 않았다. 세 사람은 침묵이 이렇게 무섭고 길게 느껴질 수도 있다는 걸 처음 알았다.

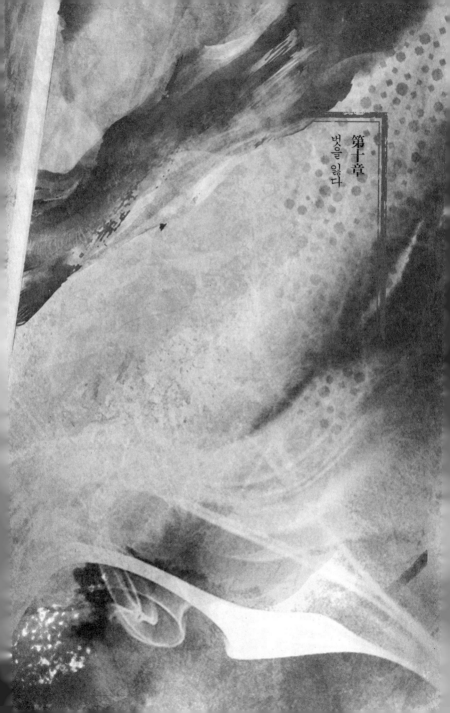

第十章

벗을 잃다

"인명, 화섭자 가진 것 있어?"

남궁휘가 다급하게 물었다.

"하나 챙긴 게 있다."

"불을 밝혀. 어서!"

적인명이 황급히 품속을 뒤져 화섭자를 꺼냈다. 끄트머리를 비비자 불이 붙으면서 동혈 내부의 모습이 희미하게 드러나기 시작했다.

세 사람이 서 있는 뒤 쪽은 호박만 한 돌들로 가득 쌓여 동혈이 막혀 버린 상태였다. 구양소문과 설강도는 바로 그 돌에 깔려 버린 것 같았다.

"건악, 돌덩이들을 건네줘!"

가장 가까이 있던 백건악이 돌을 하나씩 빼서 뒤로 넘겼다. 남궁휘가 그걸 받아 적인명에게 주었고, 적인명은 또다시 뒤쪽으로 빠르게 던졌다.

도대체 얼마나 무너졌는지 짐작조차 할 수 없는 상황, 한참이 지난 후에 무너져 내린 돌무더기 사이로 무언가가 보였다.

"팔이 보여!"

백건악이 짧게 외치며 더욱 속도를 냈다.

잠시 후, 구양소문의 왼쪽 어깨와 얼굴이 모습을 드러냈다. 뿌옇게 먼지가 쌓인 구양소문은 죽었는지 살았는지 미동조차 없었다.

"소문!"

남궁휘가 구양소문의 이름을 힘차게 불렀다.

"소문! 정신 차려! 소문!"

다시 한 번 고함을 질러서야 구양소문이 천천히 머리를 들었다. 그리고 신음 같은 한마디를 흘렸다.

"구양… 소문… 생."

"강도는?"

남궁휘가 다시 물었다.

"나도… 모르겠어."

"설강도 점호!"

남궁휘가 또 고함을 질렀다.

하지만 이번에도 여지없이 이어지는 침묵.

네 사람의 심장이 쿵쾅거리기 시작했다.

잠시 쉬었다가 출발하기 직전 설강도는 구양소문의 뒤에 바짝 붙어 있었다. 구양소문이 이 정도라면 녀석의 상태가 어떨지는 상상조차 할 수 없었다.

"주, 죽은 건 아니겠지?"

구양소문이 떨리는 음성으로 말했다.

조용한 가운데 흘러나온 그의 한마디는 모두의 심장을 철렁 내려앉게 만들었다.

그때였다.

딱! 딱! 딱!

돌무더기 뒤쪽으로부터 누군가 바닥에 돌을 부딪치는 소리가 미세하게 들려왔다.

틀림없다.

설강도가 살아 있었다.

"강도! 내 말 들려?"

딱! 딱! 딱!

"너도 깔려 있는 거냐? 그렇다면 한 번을 두들기고 아니라면 세 번을 두들겨라!"

딱! 딱!

설강도는 두 번을 두들겼다.

"저게 무슨 뜻이지?"

남궁휘가 물었다.

"반쯤 묻혀 있다는 소린 것 같은데."

적인명이 말했다.

과연 설강도다운 발상이었다.

"움직일 수 있겠어?"

남궁휘가 또 물었다.

딱! 딱! 딱!

이번엔 세 번 모두 울렸다.

돌무더기에 깔렸으면 움직일 수 없다.

반대로 움직일 수 있다는 건 놈의 상태가 생각보다 괜찮다는 뜻이다. 한데 왜 말을 하지 않고 돌을 부딪치는 걸까?

"조금만 기다려!"

세 사람은 다시 돌을 빼서 뒤쪽으로 치우기 시작했다. 가장 가까이에서 한참 돌을 빼내던 백건악은 한순간 붉은 액체가 발밑으로 흘러오고 있는 걸 발견했다.

피였다.

날카로운 돌조각이 구양소문의 어딘가를 뚫고 박힌 모양, 피가 흐르는 양으로 미루어 보통 심각한 게 아니었다.

한시라도 바삐 돌덩이들을 빼내야 하지만 백건악의 속도는 오히려 더욱 느려졌다. 지금부터는 아주 조심해야 했기 때문이다.

돌덩이들은 무너진 상태에서 정교하게 맞물려 있었다. 동혈의 붕괴가 언제 다시 시작될지 모르는 상황에서 돌무더기는 그 자체로 일종의 지지대 역할을 했다.

만약 다시 천장이 무너진다면 그땐 구양소문과 설강도는 물론이거니와 나머지 세 사람의 목숨도 보장할 수가 없다. 때문에 힘을 가장 적게 받는 돌덩이들만을 골라 조심스럽게 빼내야 했다.

무너진 돌덩이들의 양이 많아서인지 작업은 좀처럼 진도가 나가질 않았다. 구양소문의 가슴 일부가 드러나고 양팔이 자유로워질 때쯤 백건악은 저도 모르게 손을 멈추었다.

구양소문의 등을 짓누른 상태에서 동혈의 좌우를 꽉 막고 있는 거대한 바위가 모습을 드러냈다. 저 바위 아래 깔리고도 아직 살아 있는 구양소문이 신기할 지경이었다.

그때 적인명이 조용히 말했다.

"건악."

고개를 들어보니 적인명이 동혈의 천장을 화섭자로 비추고 있었다. 구양소문의 머리 위로부터 시작된 암반의 균열이 앞쪽으로 계속해서 뻗어 나가고 있었다. 균열은 강줄기처럼 이리저리 복잡하게 이어졌는데 어떤 것들은 금방이라도 떨어져 내릴 것처럼 위태로워 보였다.

틀림없다.

이 바위는 빼낼 수가 없다.

무게도 무게지만, 구양소문을 짓누르고 있는 저 바위를 빼내면 동혈 전체가 무너진다. 구양소문을 구출하는 사이 모두가 깔려 죽는 것이다.

백건악은 어찌할 바를 몰라 남궁휘를 돌아보았다. 남궁휘 역시 적인명이 가리킨 석벽을 보았고, 지금의 상황이 어떤지를 잘 알고 있었다.

그때 돌무더기 뒤쪽으로부터 무언가 달그락거리는 소리가 들려왔다. 설강도가 작은 돌멩이를 치우는 듯했는데, 아니나 다를까, 잠시 후 설강도의 입이 터졌다.

"퉤퉤, 손을 못 움직이는 것보다 입을 못 움직이는 게 더 답답하군. 다들 무사한 거냐?"

아마도 작은 돌멩이 일부가 입속에 박혔었나 보다. 만약 그렇다면 지금쯤 입에서 피가 철철 흘러내리고 있을 것이다.

"그렇다."

남궁휘가 대답했다.

"지금 내 눈앞에 냄새 나는 발바닥이 하나 보이는데, 이건 소문의 것이겠지?"

"그렇다."

"제대로 깔렸군. 숨은 쉬냐?"

"그렇다."

"그럼 뭐하고 있어? 빨리 돌을 빼내지 않고."

"문제가 하나 생겼다."

"소문과 내가 깔려 죽게 생긴 것보다 더 심각한 문제가 있을 일이 뭐가 있어? 제기랄. 불알이 깨졌나. 왜 이렇게 욱신거리는지 모르겠군."

"바위가 하나 나타났다. 무게는 팔백 근 정도 될 것 같고, 위로는 천장이 죄다 갈라져 있다. 바위가 기둥 역할을 하는 바람에 붕괴가 잠시 멈춘 것 같다."

남궁휘의 말이 무슨 뜻인지 알아듣지 못할 사람은 없었다. 누구도 입을 열지 않는 가운데 깊은 침묵이 흘렀다.

한참이 지난 후 설강도가 입을 열었다. 전에 없이 착 가라앉은 음성이었다.

"그래서 어떻게 할 참이냐?"

"우선 바위를 움직여 틈을 만들어 볼 생각이다. 그런 다음 소문과 너를 차례로 끄집어 낼 거야. 다만 시간이 좀 걸릴지도 모르겠다."

"확률은?"

"절반이다."

"넌 항상 그게 문제야. 결정적인 순간 냉정하지 못한 거. 건악, 듣고 있어?"

설강도가 말미에 백건악을 불렀다.

백건악이 대답했다.

"말해."

"아무래도 조장 놈이 사기를 치는 거 같은데, 네 생각엔 성공할 확률이 얼마나 될 것아?"

"······."

"눈치 보지 말고 그냥 쏴!"

"일 할."

"새끼, 더럽게 솔직하네."

"준비되면 말해줘."

"준비가 아니라 마음의 결정이겠지."

"결정하면 말해줘."

"난 이미 결정했어. 소문, 너는 어때?"

"······."

"벌써 죽었냐?"

"나도··· 결정했다."

"휘, 건악, 인명. 들었지? 우린 놔두고 가라."

"강도, 쓸데없는 소리 마라! 이건 조장으로서 명령이다!"

남궁휘가 단호하게 말했다.

설강도도 지지 않고 소리쳤다.

"조장이면 조장답게 굴어!"

"……!"

"일 할의 가능성을 믿고 무리를 하다가 모두 죽는다. 하지만 눈 한 번 질끈 감으면 너희 셋은 살아. 지금 네가 결정해야 하는 게 그거고."

"내가 분명 명령이라고 했을 텐데……!"

남궁휘가 어금니를 빠드득 갈았다.

"내가 언제 네 말 듣는 거 봤어?"

"큭큭큭. 그건 맞아……. 강도 저 녀석은… 휘의 말이라면 지지리도 안 들어 처먹었지……. 오 년 전, 양산 어느 골짜기에서 폐가를 습격할 때도… 그랬잖아. 휘가 그렇게 말렸건만… 저 녀석은 끝까지 고집을 피웠어……. 그 바람에 애꿎은 빙운룡만 죽었잖아."

구양소문이 말했다.

설강도에게는 비수가 되는 말.

남궁휘, 백건악, 적인명은 아연실색했다.

하지만 설강도는 뜻밖에도 태연하게 받아 넘겼다.

"새끼, 죽을 때가 되니까 솔직해지네."

"어차피 마지막인데 뭔 소리를 못해……. 기왕 말이 나왔으니까 말인데, 강도 너한테 꼭 한 가지 시켜 보고 싶었던 게

벗을 잃다 281

있는데 들어주겠어?"

"뭔데?"

"들어주겠어?"

"일단 말은 들어주겠다. 해봐."

"내 가랑이 사이로 기어가라!"

말과 함께 구양소문이 갑자기 양손으로 바닥을 짚었다. 이어 어금니를 꽉 깨물고 힘을 주며 상체를 들어올리기 시작했다.

꾸르르!

녀석을 짓누르고 있던 거대한 바위가 꿈틀거리면서 크고 작은 돌덩이들이 또다시 우르르 쏟아지기 시작했다. 백건악, 남궁휘, 적인명이 황급히 물러났다.

"소문, 멈춰!"

남궁휘가 소리쳤다.

"이, 이 미친 자식, 지금 뭘 하는 거야!"

설강도도 빽 고함을 질렀다.

하지만 구양소문은 멈추지 않았다.

오히려 더욱 힘을 주었다.

팔뚝의 근육이 툭툭 불거지고 목의 핏대가 터질 것처럼 팽팽하게 당겨졌다. 장개산이라는 괴물이 나타나는 바람에 상대적으로 존재감이 약해졌지만 구양소문은 동년배 중에서 당할 사람이 없는 역사였다.

"으아아아!"

괴성과 함께 거대한 바위가 들썩이며 구양소문이 마침내 허리를 들어올리는 데 성공했다. 더불어 천장과 바위틈 여기저기에 아슬아슬하게 끼어 있던 돌덩이들이 우르르 떨어졌다. 천만다행으로 더 이상의 붕괴는 일어나지 않았다. 기둥을 빼는 것이 아니라 위로 살짝 들어 올린 탓이다.

"지금이야!"

구양소문이 어금니를 꽉 깨물고 말했다.

"미쳤어! 내가 왜 네 가랑이 사이를 기어가! 안 돼. 못해!"

구양소문이 했다는 결심이 이것이었나 보다.

녀석의 의중은 분명했다.

일단 설강도만이라도 빼내려는 것.

하지만 설강도는 그럴 생각이 눈곱만큼도 없었다. 구양소문 가랑이 사이를 지나가고 나면 영영 녀석을 잃을 것만 같았다. 오 년 전 빙운룡을 잃었을 때처럼.

"마지막… 부탁이야……!"

"……!"

남궁휘가 백건악의 어깨를 타고 넘어가 구양소문이 만든 틈을 향해 몸을 던졌다. 쑥 미끄러져 간 남궁휘는 돌무더기에 반쯤 깔려 있는 설강도의 한 손을 덥석 잡았다. 그리고 짧게 말했다.

"건악!"

백건악이 남궁휘의 두 다리를 잡고 힘껏 잡아당겼다. 잠시 후, 온몸이 피투성이가 된 설강도가 남궁휘의 손에 이끌려 나왔다. 동시에 구양소문이 바위의 무게를 이기지 못하고 철썩 주저앉았다.

쿵!

바위가 허리를 찍으면서 구양소문의 상체가 한순간 활처럼 휘어졌다.

그 충격으로 작은 돌덩이들이 또다시 우르르 떨어졌지만 사람들의 눈에는 오직 고통스러워하는 구양소문만 보였다. 지금쯤 허리가 절단 났으리라. 녀석은 이제 동혈을 빠져나가도 평생을 누워서 살아야 하는 불구가 된다.

"이 멍청한 자식!"

동혈의 이쪽으로 빠져나오자마자 설강도는 목을 가누지도 못하는 상황에서 욕설부터 퍼부었다.

구양소문의 상태가 심상치 않음을 깨달은 남궁휘가 황급히 다가가 녀석을 짓누르고 있는 바위 사이에 검을 찔러 넣었다. 그러곤 검을 힘차게 들어 올렸다.

어떻게든 틈을 만들어 보려는 것이다.

이제는 일할의 가능성이고 뭐고 없었다. 조금만 지체하면 구양소문은 목숨을 잃게 될 것이다.

텅!

마음이 급했던 것일까?

남궁휘의 검이 사정없이 터져나가 버렸다.

어지간한 검들과는 비교도 할 수 없는 보검들이었음에도 불구하고 바위의 무게를 상대하기엔 턱없이 부족했나 보다.

아니다.

검은 이성을 잃은 남궁휘가 순간적으로 뿜어낸 힘을 견딜 수가 없었던 것이다.

하지만 남궁휘는 포기하지 않았다.

설강도가 끌려나올 때 배가 흥건하게 젖어 있는 걸 똑똑히 보았다. 구양소문이 흘린 피를 설강도가 쓸고 나오면서 생긴 일이다.

그리고 지금은 더욱 많은 피가 바닥을 따라 흘러나오고 있었다. 그 역시 구양소문의 피였다.

"그만해……."

구양소문이 담담하게 말했다.

그래도 남궁휘는 멈추지 않았다.

"위를 좀 봐……. 이젠 가망이 없어."

남궁휘는 일부러 천장을 보지 않았다.

하지만 구양소문의 말이 옳다는 걸 알고 있었다. 머리 위에서 돌덩이들이 떨어질 때 천장이 쩍쩍 갈라지는 걸 이미 보았다.

구양소문을 짓누른 바위를 빼내는 것과 상관없이 당장 무너지더라도 이상하지 않은 상황이었다.

백건악이 남궁휘의 가만히 잡아서야 남궁휘는 비로소 멈추었다. 적인명이 쓰러져 있는 설강도를 끌고 조금 더 다가오면서 네 사람은 구양소문의 곁에 옹기종기 모였다.

마지막 작별인사를 하기 위해서다.

적인명이 얼마 남지 않은 화섭자의 불빛을 다섯 사람의 한가운데 비추었다. 구양소문은 일렁이는 불빛 사이로 보이는 네 사람의 얼굴을 하나씩 눈에 담았다. 마치 다시 태어나면 꼭 기억하겠다는 듯.

마지막으로 설강도에게 이르렀을 때 천천히 입을 열었다.

"강도, 운룡이 죽은 건 사고였다."

"......?"

"지금 내가 죽는 것도 그렇다."

"......."

"그러니 괴로워 할 것 없어. 다만 네가 운룡을 그리워했던 것처럼 나를 오랫동안 기억해줘. 그건 해줄 수 있지?"

죽음이 임박했기 때문일까?

구양소문의 목소리는 평소처럼 차분하고 자연스러웠다.

숨소리 또한 거칠지 않았다. 그 모습을 보고 있자니 녀석이 마치 다시 살아날 것만 같았다.

설강도는 조용히 고개를 끄덕였다.

구양소문은 다시 백건악을 돌아보며 말했다.

"칠 년 전, 운룡의 생일 날 태산(泰山)에 올랐던 것 기억 나?"

"기억나지. 강도와 네가 동정호에서 오줌 한 번 싸고 태산에 올라 침 한번 뱉지 않고는 강호를 논할 자격이 없다고 고집을 피워서 간 거잖아. 그때가 아마 겨울이었지? 폭설이 내리는 바람에 오도 가도 못하고 사흘 동안이나 사냥꾼의 오두막에 갇혀 있었잖아."

"큭큭큭. 인명이 길을 찾아보겠다고 나갔다가 조난당한 젊은 여자들을 일곱 명이나 데리고 돌아오는 바람에 다들 속으로 횡재했다고 했지. 조무쌍이었나? 그 여자가 인명에게 엄청 관심이 있었는데 말이야."

적인명의 얼굴이 발개졌다.

부끄러워서가 아니다.

민망해서가 아니다.

터져 나오려는 눈물을 억지로 참다보니 피가 몰려서 그런 것이었다.

구양소문이 혀를 끌끌 찼다.

"저 녀석 저거 또 빨개지네. 내가 저 녀석 총각딱지는 꼭 떼어 주려고 했는데 차일피일 미루다 보니 이렇게 되고 말았네. 강도, 너에게 맡긴다. 믿어도 되겠지?"

"노력해 보겠다."

"왜 이래, 그쪽 방면으로는 대가잖아."

"알았어."

구양소문은 마지막으로 남궁휘를 돌아보며 말했다.

"우리 정말 신나게 놀았지?"

순간, 적인명이 들고 있던 화섭자의 불꽃이 꺼졌다. 구양소문의 숨소리도 더는 들려오지 않았다. 태산 꼭대기에 첫눈이 내렸다는 소식이 들려오던 어느 계절 아침의 일이었다.

*   *   *

동혈 속에서 네 명의 사내가 벗 하나를 떠나보낼 때 개활지의 북쪽 청와각 아래에서는 한 사람이 폭풍 같은 기세로 적들을 도륙하고 있었다.

그의 주변에는 어느새 백여 명에 달하는 사마외도가 쓰러져 뒹굴었다. 어떤 자들은 사지의 일부를 잃었고, 어떤 자들은 갈라진 옆구리 사이로 내장을 쏟아냈다. 또 어떤 자들은 이승에서의 마지막 숨을 가쁘게 몰아쉬었다.

하지만 대부분의 사마외도들은 고깃덩어리로 변해 널브러져 있었다.

그건 싸움이 아니었다.

한 사람에 의한 일방적인 학살이고 도살이었다.

피를 흠뻑 뒤집어쓴 그의 얼굴 사이로 보이는 것은 두 개의 눈동자와 하얀 이, 흡사 지옥에서 올라온 아수라와 같은 그의 모습에 사람들은 비로소 공포를 느끼기 시작했다.

"모두 비켜라!"

매서운 일갈과 함께 한 사람이 튀어나왔다.

일지혼마 화녹천이었다.

그때 장개산은 뒷걸음질치는 장한의 정수리 위로 참마검을 막 떨어뜨리는 중이었다. 바로 그 장한의 왼쪽에서 느닷없이 튀어나온 화녹천은 좌수를 힘차게 뻗었다.

순간, 한줄기 가늘고 기이한 암경이 엄습해 왔다. 그건 장경이라고 하기에는 너무 가늘고, 권경이라고 하기에는 지나치게 길었다.

말로만 듣던 지풍(指風)이었다.

장개산은 황급히 검을 꺾어 지풍을 받았다.

땅!

흡사 망치로 범종을 두들기는 듯한 음향. 하지만 그 위력은 망치 따위로 만들어 낼 수 있는 것이 아니었다.

장개산은 무려 대여섯 걸음이나 튕기듯 물러난 끝에 겨우 멈춰 설 수 있었다. 지풍의 여파로 말미암아 손에 들린 오척의 참마검이 아직도 징징 울어댔다. 만약 평범한 검이었다면 지금쯤 손가락만 한 구멍이 뚫렸으리라.

그사이 화녹천은 엄청난 존재감을 뿜으며 다가와서는 두 번째 지풍을 쏘았다. 손가락이 닿기도 전에 대기가 먼저 아지랑이처럼 일렁였다.

저건 숫제 검기였다.

손가락으로 뽑아내는 검기.

장개산은 일말의 주저함도 없이 지풍을 향해 참마검을 힘차게 휘둘러갔다. 지금 이 순간만큼은 천하의 그 어떤 검초도, 힘도 모두 파괴할 수 있을 것만 같았다.

쫘악!

지풍은 일종의 강기다.

강기를 찢어발긴 참마검은 그대로 화녹천의 장심을 파고든 다음 팔꿈치를 뚫고 나왔다. 대경실색한 화녹천은 질풍처럼 몸을 비틀어 옆으로 빠져나갔다.

황급히 물러나는 그의 팔뚝에서 고깃덩어리 같은 살점이 너덜거렸다. 찰나의 순간 옆으로 빠져나가면서 손과 팔뚝이 수직으로 길게 잘려 나간 것이다. 검붉은 피가 양수라도 터진 것처럼 줄줄 흘러내렸다.

화녹천의 얼굴이 하얗게 질렸다.

사람들은 엄청난 충격에 휩싸였다.

지법에 관한 한 천하제일을 자랑하는 고수이자 육사부의 일인인 화녹천이 저렇게 당할 줄은 꿈에도 몰랐다.

한데 그게 끝이 아니었다.

장개산은 화녹천의 숨통을 마저 끊어놓겠다는 듯 신형을 쏘았다. 쭉 뻗은 참마검이 화녹천의 심장을 꿰뚫으려는 순간, 좌방의 허공에서 무언가 강력한 돌풍이 몰아쳤다. 설산옥녀 요교랑이 날아들고 있었다.

뼁! 뼁! 뼁! 뼁!

심대한 충격파가 폭풍처럼 어깨를 가격했다.

장개산은 맥없이 옆으로 튕겨나가는 수밖에 없었다. 체공 상태에서 무려 네 번이나 발길질을 하고서야 바닥으로 떨어진 요교랑은 또다시 공처럼 튕겨 올랐다.

장개산은 크게 원을 그리며 일도양단의 기세로 검을 휘둘렀다. 오척의 참마검이 만들어내는 궤적은 결코 작지 않았다. 한데 요교랑은 그 궤적의 가장자리를 타고 장개산의 머리 위에서 공중제비를 돌더니 어깨를 힘차게 찍었다.

뼁!

맹세코 한 번도 경험해 보지 못한 엄청난 충격, 온몸의 뼈가 으스러질 것만 같았다. 그 힘을 이기지 못하고 한쪽 무릎이 구부러졌다.

그때 어느새 후방으로 떨어져 내린 요교랑이 바닥에 착 달라붙으며 장개산의 다리를 걸었다. 모든 힘과 무게 중심이 아래로 집중되는 순간 다리를 걸어 버린 상황. 장개산은 제 의지와는 상관없이 몸이 허공으로 붕 떠오르는 것을 느꼈다. 누군가를 던져 본 적은 있지만 자신이 던져진 적은 난생처음이었다.

화가 머리끝까지 치솟았다.

바닥에 원을 그리며 바깥으로 빠져나간 요교랑의 다리가 머리를 아래로 향한 채 떨어지는 장개산의 하복부를 강타한 것도 동시였다.

퍽!

내장이 진탕당하는 충격이 느껴지는 순간 장개산은 그 다리를 덥석 잡아버렸다. 그와 동시에 몸을 팽이처럼 비틀었다. 뚝! 하는 소리와 함께 요교랑의 다리가 부러지는 것이 느껴졌다.

그대로 다리를 타고 오른 장개산은 주먹으로 요교랑의 얼굴을 강타하고 팔꿈치로 명치를 찍었다. 마지막으로 그녀의 두 다리를 잡아 번쩍 들어 올린 다음 허공에서 한 바퀴를 돌려 땅바닥에 패대기쳐 버렸다.

그야말로 눈 깜짝할 사이에 벌어진 일, 퍽퍽! 소리가 울리는가 싶더니 요교량은 어느새 정신을 잃고 바닥에 대 자로 뻗어버렸다.

　상황을 지켜보고 있던 벽사룡은 표정을 굳혔다.

　요교량은 눈 덮힌 설산에서 평생 각법만을 수련한 각법의 고수였다. 경신공과 각법은 둘이 아니었고, 칠십을 바라보는 지금 그녀는 각법과 경신공에 관한한 타의 추종을 불허하는 초절정고수였다.

　한데 지금 그 다리가 부러져 버렸다.

　평생의 공력이 담긴 요교량의 각법을 여섯 차례나 맞고도 멀쩡하게 반격을 가하다니, 이는 인간이 할 수 있는 일이 아니었다. 이전의 그도 인간이라기보다는 괴수에 가까웠는데, 지금의 그는 도대체 무엇이라고 해야 할까?

　놈은 육체는 강철로 이루어져 있단 말인가.

　육사부가 나섬으로 말미암아 감히 끼어들지 못하고 물러나 있던 수하들의 얼굴에도 점점 공포의 빛이 진해지기 시작했다.

　그때 장개산이 바닥에 떨어진 검을 다시 집어 들어 요교량의 심장을 찌르려 했다. 그 순간, 벽사룡은 장개산의 눈동자 가득 넘실거리는 자줏빛 살광을 똑똑히 보았다.

　그는 멀쩡한 것이 아니었다. 단지 고통을 느끼지 못할 뿐.

그는 광기에 사로잡혀 있었다. 심마(心魔), 저건 심마였다.

요교랑 역시 운이 좋았다.

장개산이 그녀의 숨통을 끊어 놓으려는 순간 또 한 사람이 장내로 날아들었기 때문이었다.

신검차랑 육심문.

차랑(叉螂)이라는 별호답게 그는 끝이 갈고리처럼 양갈래로 갈라진 기이한 검을 사용했다.

장개산도 이번에는 쉽게 당하지 않았다.

화녹천이 뛰어드는 순간, 그를 향해 질풍처럼 검을 휘둘렀다.

깡!

둔중한 쇳소리와 함께 엄청난 충격이 전해졌다. 어찌된 영문인지 노마두들과 부딪힐 때마다 노도와 같은 진기가 몰려왔다. 일신에 지닌 공력이 그만큼 대단하다는 뜻일 게다.

한데 육심문과의 격돌은 조금 양상이 달랐다.

일반적으로 도는 베고 검은 찌르는 데 특화된 병기다. 도로도 찌를 수 있고, 검으로도 벨 수가 있지만 각각 베고 찌를 때 가장 효과가 극대화된다는 소리다.

찌르는 데 특화된 병기답게 검공에는 찌르는 검초가 많았다. 하지만 육심문의 검은 양끝이 갈라져 찌를 수가 없다. 검신이 직선으로 뻗은 데다 역시 끝에 달린 갈고리 때문에 베는 것도 마땅치 않다.

한마디로 찌르는 데도 베는 데도 적합하지 않은 괴병, 한데도 그는 왜 이런 괴이한 검을 선택한 걸까? 육심문의 검은 찌르는 검이 아니라 당기는 검이었다.

땅!

격돌과 함께 두 개의 검이 하나로 맞붙는 순간 육심문이 검을 힘차게 잡아당겼다. 갈고리에 걸린 장개산의 검신이 급박하게 바닥으로 떨어졌다.

황급히 검을 회수하려 했지만, 어찌된 영문인지 육심문의 검은 찰거머리처럼 착 달라붙어 떨어질 생각을 하지 않았다.

그때부터 참마검은 주인의 통제를 벗어나 제멋대로 움직이기 시작했다. 이런 식의 검초가 난생처음이었던 장개산은 당황하지 않을 수 없었다. 상리를 벗어난 검초에는 상리를 벗어난 방식으로 상대해야지 않겠는가.

장개산은 검을 회수하려는 생각을 바꿔 오히려 더 깊숙이 찔러 들어갔다. 상대가 나의 검을 통제한다면 나 역시 역으로 상대의 검을 제압하면 된다. 다행이 힘이라면 자신이 있었고, 충분히 육심문의 검을 누를 수 있을 것이라 생각했다.

하지만 그건 착각이었다.

장개산이 막대한 힘을 가할 때마다 육심문의 검은 기이한 방향으로 휘고 돌며 그 힘을 바깥으로 흘려버렸다. 제아무리 무거운 바위도 산비탈에선 굴러 떨어질 수밖에 없는 것과 같은 이치였다.

본시 이런 목적으로 만들어진 검공일 테니 힘만으로 제압하지 못하는 게 어쩌면 당연한 일일지도 모른다. 뿐만 아니라 육심문은 장개산의 힘을 역이용해 반격까지 시도했다.

분명 그의 검을 찍어 누르며 상체를 일도양단의 기세로 베어갔는데, 어느 순간 참마검이 호선을 그리며 되돌아오는 것이 아닌가.

장개산은 일검을 허용할 수밖에 없다는 걸 본능적으로 깨달았다. 내가 휘두른 검이 나를 공격하는 기이한 상황.

싸악!

섬뜩한 살음과 함께 참마검이 정수리를 스치고 지나갔다. 흔들리는 상체를 따라 출렁이던 머리카락 한 움큼이 잘려 나갔다. 서둘러 고개를 꺾지 않았다면 이마 윗부분이 통째로 날아갔을 것이다.

하지만 그 전에 이미 장개산의 반격이 시작되고 있었다. 참마검이 자신의 머리카락을 자르는 순간, 수실이 달린 검두(劍頭)가 육심문의 인중을 향해 직선으로 섰다. 장개산은 검두를 힘껏 밀어 넣었다.

퍽!

육심문의 고개가 꺾이는 것이 보였다.

참마검이 갈고리검의 압제에서 벗어나는 것을 느끼는 순간 장개산은 다시 한 번 육심문의 하박을 빗살처럼 파고들었다. 도저히 그럴 수 없는 움직임으로 뻗어나간 참마검이 아래에서 위로 솟구치며 육심문의 상체를 베어갔다.

쫘악!

하지만 육심문은 노련했다.

인중이 깨져 한순간 정신이 아득한 와중에도 그는 철판교의 수법을 펼치며 물러났고, 참마검은 가슴을 아슬아슬하게 스쳤다.

대여섯 걸음을 물러나는 육심문은 앞가슴 옷자락이 길게 잘려 나간 상태였다. 그사이로 한줄기 혈선이 서서히 모습을 드러냈다. 살짝 베인 것에 불과하나 하마터면 목숨을 앗아갈 수도 있었던 위협적인 한 수, 육심문의 눈동자가 기광으로 번들거렸다.

장개산은 몰랐지만 육심문은 무려 삼십 년 만에 처음으로 피를 흘려보는 터였다.

어디 육심문뿐일까?

피가 철철 흐르는 팔뚝을 부여잡고 있는 화녹천도, 저만치 널브러져 아직 정신을 차리지 못하는 요교랑도, 지난 수십 년간 패배를 경험해 본 적 없는 초절정의 고수들이었다.

사람들은 이 믿을 수 없는 광경에 입이 쩍 벌어졌다. 육사부는 대망혈제회에서 장로의 대우를 받는 거물들이었다.

그런 육사부들을 상대로 싸우면서도 밀리기는커녕 세 명이나 제압해 버리는 장개산을 보면서 사람들은 어쩌면 지금 이 자리에선 그를 죽일 수 있는 사람이 없을지도 모른다는 생각이 들었다.

그때, 그 일이 일어났다.

번쩍!

그건 섬광이었다.

좌방에서 무언가 번쩍이는 것을 느끼는 순간, 빛은 이미 장개산의 가슴을 지나 바깥으로 흘러가고 있었다.

무얼 어떻게 해볼 틈도 없었다.

정신을 차렸을 때는 불과 두 걸음 앞에 그가 서 있었다. 양손에 꼬나 쥔 장검을 좌상방의 허공을 향해 뻗은 채 미동조차 하지 않는 청수한 인상의 노인, 그는 천화성군 혁련월이었다.

가슴에선 어느새 붉은 선혈이 줄줄 흘러내렸다.

장개산은 그제야 자신이 일검에 맞았다는 걸 자각했다. 그야말로 궁극의 쾌검. 대체 언제 다가와, 언제 검을 휘둘렀단 말인가. 천하삼검의 검은 그토록 무서웠다.

그때 무언가 뜨거운 것이 왼쪽 옆구리를 지지고 들어왔다. 은하검객 마중영이 검으로 찌른 것이다. 그와 동시에 이번엔 또 다른 무언가가 오른쪽 허벅지를 뚫고 나왔다. 적안살성 후동관의 대감도였다.

뒤늦게 엄청난 고통이 물밀듯이 밀려왔다.

더불어 눈앞이 흐려지기 시작했다.

"으아아!"

장개산은 대갈일성을 터뜨리며 몸을 옆으로 비틀었다.

몸부림치는 힘을 이기지 못한 칼과 검이 빠져나가는 것을 느끼는 순간, 장개산은 또다시 닥치는 대로 검을 휘두르기 시작했다.

보법도, 검초도 없었다.

그의 폭주는 살기를 포기한 사람이 끝까지 한 사람이라도 더 데려가려는 마지막 발악처럼 처절했다.

"물러나라!"

혁련월의 일성을 시작으로 사람들이 일제히 십여 장 밖으로 물러났다. 천하의 어떤 고수라도 가슴에 일검을 맞고, 옆구리를 찔리고, 허벅지를 관통 당한 상태에서는 살아날 수가 없다.

사람들은 멀리 떨어진 상태에서 장개산이 스스로 지쳐 쓰러지기를 기다렸다.

기어이 저 괴수를 죽일 수 있게 된 것이다.

놈으로 말미암아 겪었던 일들을 생각하면 소름이 끼쳤다.

한동안 헛되이 허공을 난도질하던 장개산은 이천여 명의 사마외도가 지켜보는 가운데 결국 한쪽 무릎을 털썩 꿇고 말았다.

피가 빠져나가면서 생명도 함께 빠져나가는 것 같았다.

온몸이 나른해 지면서 이대로 눕고만 싶었다.

천천히 고개를 들자 저만치 떨어진 곳에서 말을 탄 채 자신을 내려다보는 은빛 홍갑의 벽사룡이 눈에 들어왔다. 놈의 등 뒤로 보이는 하늘이 오늘따라 유난히 파랬다.

아찔한 현기증을 느끼는 순간 장개산은 정신을 잃고 천천히 넘어갔다. 그 옛날 자신이 청옥산에서 수없이 쓰러뜨린 고목처럼 그렇게. 하늘에서 고리 매듭을 한 밧줄이 내려와 자신의 손목을 잡아채는 환상을 보면서.

『십만대적검』7권에 계속…

무정철협

월인 新무협 판타지 소설

FANTASTIC ORIENTAL HEROES

「두령」, 「사마쌍협」, 「장홍관일」의 작가 월인
2013년 벽두를 여는 신무협이 온다!

삭초제근(削草制根)!
일단 손을 쓰면 뿌리까지 뽑아버렸다.

무정(無情)!
검을 들면 더 이상 정을 논하지 않았다.

그래서 나는 무정철협이 되었다.

진정한 협(俠)을 아는가!
여기 철혈의 사내 이한성이 있다!

「무정철협」

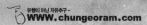

FUSION FANTASTIC STORY

천중화 장편 소설

세계 유일의 남자

역사를 목격한 적이 있는가.
지금, 세상을 뒤엎을 사내가 온다!

스포츠 만능에, 수많은 여인의 애정까지…
골프계를 뒤흔드는 골프 황제 김완!

그런데 이 남자의 향기가 심상치 않다.

할머니의 비밀과 부모의 죽음.
그에게 전해진 사건들이 이 남자를 뒤흔들고,
이제 그의 행보가 세상을 움직인다!

『세계 유일의 남자』

평범한 남자라고 생각했는가?
천만에! 이자는… 세계 유일의 남자다!

FUSION FANTASTIC STORY

죽은 자들의 왕

페리도스 퓨전 판타지 소설

공전절후! 쾌감작렬!
청어람이 선보이는 판타지의 신기원!

『죽은 자들의 왕』

대륙 최고의 어쌔신 길드, 블랙 클라우드.
어느 날 내려진 섬멸 명령으로 인하여 하루아침에 멸망했다.

그러나……

"오랜만이다, 동생아."

어릴 적 헤어진 동생을 찾아 국경을 넘은 그레이너.
그러나 동생은 죽음의 위기를 겪고,
이제 동생의 모습으로 새로 태어난 그레이너가
모든 음모를 파헤치며 나아간다.

사라졌다 여겨진 전설이 끝나지 않고,
이제 대륙을 뒤흔드는 폭풍이 되리라!

Book Publishing CHUNGEORAM

유행이 아닌 자유추구-
www.chungeoram.com